27

Ln. 13820.

LETTRES

CONCERNANT

LE

JUGEMENT

DE

L'ACADEMIE ROYALE

DES SCIENCES ET BELLES - LETTRES

DE PRUSSE.

ET

APOLOGIE DE M. DE MAUPERTUIS.

A PARIS,

Chez { DURAND, Libraire, rue S. Jacques, à S.
Landry & au Griffon.
PISSOT, Quai des Augustins, à la Sagesse.

M. DCC. LIII.

AVEC PERMISSION.

EULERI

AD

MERIANUM

EPISTOLA.

LETTRE

DE M. EULER

A M. MERIAN.

VIRO CLARISSIMO

MERIANO

S. P. D.

L. EULER.

PErlectis novellis litterariis , tam Lip-siensibus quam Hamburgiensibus , quas me-cum communicasti, non mediocriter sum com-motus , cum vidissem quantâ impudentiâ Edi-tores Judicium Academiæ nostræ occasione Litterarum Leibnitzio à Cl. Profess. Kœnigio tributarum publicatum perstringere sint ausi. Quod judicium cum omnibus intelligentibus & à partium studio alienis arbitris summa moderatione conceptum videatur , isti novel-larum compilatores tam suam ignorantiam , quam immoderatum pruritum, cuncta, quæ in orbe erudito geruntur, sugillandi nimis apertè produnt. Dum enim tantopere de injuriâ, quâ Professor Kœnigius hoc judicio sit affectus , conqueruntur , hoc satis declarant, se ne sta-tum quidem quæstionis , qui tamen in Judicio luculenter est expositus , intellexisse.

LETTRE
DE M. EULER
A M. MERIAN.

J'AI lû, Monsieur, les Gazettes littéraires de Leipzig & de Hambourg, que vous
avez eu la bonté de me communiquer; &
j'ai été véritablement frappé de l'impu-
dence avec laquelle les Éditeurs de ces
feuilles ont ofé traiter le jugement que notre Académie a publié à l'occafion de la
Lettre attribuée à *Leibnitz* par M. le Profeffeur *Kœnig*. Quoique toutes les perfon-
nes intelligentes & dégagées de l'efprit de
parti, ayent trouvé ce jugement conçû
avec toute la modération poffible, ces
compilateurs de nouvelles n'ont pû s'empêcher de décéler ouvertement, & leur
ignorance, & cette demangeaifon exceffi-
ve qu'ils ont d'exercer leur critique fur
tout ce qui fe paffe dans la République des
Lettres. Car toutes leurs plaintes fur l'injure qu'ils prétendent que M. *Kœnig* a re-
çûe par ce jugement, font affez voir qu'ils
n'entendent pas feulement l'état de la queftion, bien qu'il foit expofé dans ce jugement avec la derniere netteté.

En

Prolato namque à Professore Kœnigio *frag-*
mento illo Litterarum , *quas summum* Leib-
nitzium *quondam ad* Hermannum *dedisse af-*
firmabat , *quid æquius ab eo postulari poterat,*
quam ut autographum harum litterarum pro-
duceret , *vel locum ubi asservetur* , *indica-*
ret? In hac certè quæstione,in quâ tamen totum
judicii momentum versatur , *ne malevolentis-*
simus quidem vituperator quicquam , *quod re-*
prehendat , *reperire poterit. Quicumque enim*
hujusmodi monumenta , *præsertim post tam*
longum temporis intervallum , *in medium at-*
tulerit , *is certè productione autographorum or-*
bi erudito eorum fidem confirmare tenetur, ne-
que ullo jure postulare potest , *ut sine sufficienti*
probatione pro ratis habeantur : atque adeo ne-
mini , *quisquis fuerit* , *potestas adimitur in fi-*
dem talium monumentorum inquirendi. Multo
minùs ergo Academiæ Regiæ ejusve dignissi-
mo Præsidi vitio verti potest , *quod examen*
illarum litterarum à Kœnigio *prolatarum*
susceperit. Si Clariss. Professor Koenigius, *ubi*
istas litteras in actis Lipsiensibus edidit , *si-*
mul significasset , *se autographas Leibnitzia-*
nas possidere , *vel saltem vidisse* , *ægrè for-*
tasse

En effet, M. *Kœnig* ayant rapporté ce fragment d'une lettre qu'il prétendoit avoir été autrefois écrite par le grand *Leibnitz* à M. *Hermann*, que pouvoit - on lui demander de plus équitable, si ce n'est qu'il produisît l'original de cette Lettre, ou qu'il indiquât dans quel endroit il étoit gardé. Dans cette question, sur laquelle roule cependant toute la force du jugement, il n'y a rien assûrément à quoi le Censeur le plus mal intentionné puisse trouver à redire. Car quiconque allégue de pareils monumens, surtout après un si long tems écoulé, est sans contredit obligé de les rendre dignes de foi aux yeux du monde savant, en produisant les originaux; & il n'est nullement autorisé à demander que de pareilles pieces passent pour authentiques, tant qu'elles ne sont pas suffisament prouvées. Beaucoup moins donc peut-on reprocher à l'Académie Royale, & à son très-digne Président, d'avoir entrepris l'examen de la Lettre alléguée par M. *Kœnig*. Si celui-ci, en donnant un fragment de cette Lettre dans les actes de Leipsig, avoit déclaré en même-temps qu'il en possédoit l'original, ou du moins qu'il l'avoit vû, il pourroit peut-être trouver mauvais qu'on n'eût pas aussi-tôt

ajoûté

tafsè ferre poſſet, ſi ejus verbis non tam facilè fides eſſet adhibita, minimè tamen de injuriâ ſibi illatâ conqueri poſſet. Verum dum
ne verbo quidem declarat ſibi litteras Leibnitzii autographas eſſe viſas, à nemine profectò exigere poteſt, ut pro fide dignis acci-
piantur, multò minùs ipſum accuratior inqui-
ſitio offendere debebit. Quin etiam vel nemine
poſtulante ipſe eſſet obligatus veritatem litterarum à ſe prolatarum extrà dubium collocare, ne orbi erudito quicquam, quod non
ſatis eſſet confirmatum, obtrudere velle videretur.

Verum cum de hac re initio amicè per
litteras cum Koenigio eſſet actum, non ſolùm
hunc, confirmationis locum, quod hanc
Epiſtolam autographo conſentaneam aſſere-
ret, reliquit; ſed etiam palam confeſſus eſt,
ſe neque illud autographum poſſidere, neque
unquam vidiſſe: verùm tantum apographum
à famoſo illo Henzio, Bernæ ſupplicio affe-
cto, ſecum eſſe communicatum. Utrum ergo
iſtud apographum fidem mereatur nec ne,

quæſtio.

ajoûté foi à fon témoignage ; cependant
il ne feroit pas en droit de fe plaindre qu'on
lui eût fait la moindre injure. Mais dès là
qu'il ne dit pas un feul mot qui tende à faire
connoître qu'il ait vû la Lettre originale de
Leibnitz , il ne fçauroit affûrément exiger
de perfonne qu'on la tienne pour digne de
foi ; beaucoup moins doit-il être offenfé
des recherches exactes faites à ce fujet.
Bien plûtôt, quand même perfonne ne l'en
auroit requis , il feroit lui-même dans l'o-
bligation de mettre à l'abri de tout doute
la vérité de la Lettre qu'il a citée , s'il ne
vouloit pas paroître avancer dans la République des Lettres une chofe deftituée
d'autorité.

Mais lorfque dans les commencemens
cette affaire fut traitée amicalement par
des Lettres écrites à M. *Kœnig*, non-feulement il évita toûjours de répondre à la
demande qu'on lui faifoit de juftifier ce
fragment par les preuves de fa conformité
avec l'original, mais il avoua pofitivement
qu'il ne poffédoit point cet original , &
qu'il ne l'avoit jamais vû ; mais qu'il tenoit feulement cette Lettre du fameux
Henzi , décapité à Berne , qui lui en avoit
fourni une copie. La queftion confifte
donc à fçavoir fi cette copie eft digne de

foi

quæſtio eſt, quæ non tam ad Koenigium quam ad Henzium pertinet ; ac fortaſsè ne ad hunc quidem , ſi quidem ipſe id aliunde acceperit. Atque etiam ſi forſitan Koenigius hoc ſcriptum fide dignum judicaret , tamen quoniam ipſe fidem ejus probare ſe non poſſe fatetur , à nemine certè poſtulare poteſt , ut ſecum ſentiat ; quin potiùs unicuique libertatem pleniſſimam diſſentiendi ſine ullo honoris ſui detrimento largitur. Quare neque ipſe , neque ejus Patroni , quicquam allegare poſſunt , cur iniquè ſecum actum eſſe putent , quòd Academia illi ſcripto omnem fidem abrogaverit : quæcunque enim cauſæ Academiam ad hoc judicium permoverint , eæ ad ſolùm ſcriptum pertinent , neque ullo modo Koenigii perſonam attingunt. Quin etiam , ſi Academia nullas cauſas afferret , tamen nulla excogitari poſſet ratio , cur Koenigius ſe offenſum exiſtimaret.

Ineptiſſimè igitur iſti ſeveri Cenſores de injuriâ Clariſſ. Koenigio illatâ conquerun-

tur ,

foi ou non ; & cette queſtion ne regarde pas tant M. *Kœnig* que *Henzi* ; ou peut-être elle ne regarde pas même ce dernier, ſi l'on ſuppoſe qu'il tenoit à ſon tour cette Lettre d'une autre main. Quand même donc M. *Kœnig* regarderoit cette Lettre comme digne de foi, dès qu'il reconnoît qu'il eſt hors d'état d'en établir l'authenti-cité, il ne peut certainement exiger de qui que ce ſoit qu'il penſe comme lui ; mais il doit laiſſer à chacun une pleine liberté d'ê-tre d'un autre avis, ſans que cela porte at-teinte à ſon honneur. Auſſi ni lui, ni ſes Avocats ne peuvent juſtifier en aucune maniere qu'on ait agi injuſtement à ſon égard en déclarant, comme l'Académie l'a fait, que cette Lettre ne méritoit abſolu-ment aucune créance : car, quelles que ſoient les cauſes qui ont porté l'Académie à prononcer ce jugement, elles ne concer-nent que l'écrit même, & la perſonne de M. *Kœnig* n'y eſt intéreſſée en rien. Et quand l'Académie n'indiqueroit aucune cauſe de la conduite qu'elle a tenue, on ne pourroit en imaginer aucune qui auto-riſât M. *Kœnig* à ſe tenir pour offenſé.

Rien donc n'eſt plus ridicule que les plaintes de ces Cenſeurs ſéveres, qui ne parlent que de l'injure faite à M. *Kœnig*,

&

tur, ac patroni officio, quod in hac causâ
adversùs Academiam suscepisse videntur,
irrito conatu funguntur. Postquam enim ipse
totam causam, quæ in scripti à se prolati probatione unicè versabatur, penitùs reliquerit,
nullis certè defensoribus indiget; neque video quo pacto quisquam in hac re ejus patrocinium suscipere posset, nisi autographum
illud Leibnitzianum, in quo tota quæstio versatur, se producere posse profiteretur. Verum
de hoc apud istos Patronos altum est silen-
tium, qui ubique nihil nisi convicia & ca-
lumnias congerunt, ut specimen ignorantiæ
æque ac levitatis hac occasione edere voluisse
videantur.

Omninò autem ridiculum est, quando isti
petulantes Censores hujus quæstionis dijudi-
cationem non ad Academiam pertinere, sed
ad Jurisconsultorum Tribunal transferen-
dam fuisse contendunt. Quatenùs enim
quæritur, utrùm litteræ illæ Leibnitzio tributæ autographis producendis confirmari pos-
sant nec-ne; judicium est in promptu, neque ullam Juris Civilis scientiam requirit,
atque adeò ipse Koenigius hanc quæstionem
jam

& font de vains efforts pour foûtenir le rôle d'Avocats, dont ils femblent s'être chargés contre l'Acad. dans cette caufe. Puifque M. *Kœnig* lui-même a abandonné entierement cette caufe, qui n'a d'autre objet que les preuves de l'écrit qu'il avoit allégué, il n'a befoin affûrément d'aucuns défenfeurs ; & je ne vois pas comment quelqu'un pourroit penfer à entreprendre fa défenfe, à moins qu'il ne fe fît fort de produire cet original de *Leibnitz*, fur lequel roule toute la queftion. Mais c'eft fur quoi ces prétendus Avocats gardent le plus profond filence, fe contentant d'accumuler les injures & les calomnies, comme s'ils avoient voulu faifir cette occafion de faire éclater leur ignorance & leur témérité.

Mais le comble de l'abfurdité, c'eft lorfque ces cenfeurs pétulans foûtiennent que la décifion de cette queftion ne regardoit pas l'Acad. mais devoit être portée devant un Tribunal de Jurifconfultes. Tant qu'on recherche fi cette Lettre attribuée à Leibnitz peut être confirmée par la production de l'original, le Jugement eft aifé à rendre, & ne demande aucune connoiffance du Droit Civil. On peut dire que M. *Kœnig* l'a décidée lui-même, en confeffant fon impuiffance à prouver l'autenticité du fragment

jam dijudicavit, dum ejus probationem se non præstare posse est confessus. Quatenùs autem aliæ quæstiones ex illa sunt natæ, cujusmodi sunt : Num hæ Litteræ non ejusmodi res contineant, quæ illo tempore nondùm fuerint cognitæ ? Num in ipsis verbis, quibus sunt scriptæ, suspicio falsi lateat ? Num res in iis præscriptæ consentaneæ sint reliquis, quæ extant, Epistolis Leibnitzianis ? Num alibi in hujus Viri scriptis vestigium eorum inventorum, quæ hic ipsi tribuuntur, reperiatur ? Num non ipse Leibnitzius de his iisdem rebus ad alios quoque amicos præter Hermannum scripturus fuisset ? & quæ sunt aliæ hujus generis quæstiones in judicio Academiæ enucleatæ, eæ profectò ita sunt comparatæ, ut nullum Tribunal Juridicum eas esset recepturum : & quoniam insignem scientiarum, ad quas pertinent, notitiam requirunt, non video cui potiùs jus competat eas dijudicandi quam Academiæ cuipiam ad Scientias promovendas destinatæ. In his autem quæstionibus minimè res Kœnigii agitur, nec quocumque modò fuerint judicatæ, justam causam is invenire potest querendi, cum

statim

ment en queſtion. Car quant aux autres
queſtions qui en ſont nées, telles que cel-
les-ci ; ſi cette Lettre ne contient pas des
choſes qui n'étoient pas encore connues
alors ; s'il n'y a pas quelque ſoupçon de
faux dans les termes mêmes qu'elle em-
ploie ; ſi ſon contenu eſt d'accord avec
celui des Lettres de *Leibnitz* qui exiſtent ;
s'il y a dans les autres Ecrits de ce grand
homme le moindre veſtige des découvertes, qu'on lui attribue dans celui-ci ; ſi
M. *de Leibnitz* lui-même n'auroit pas écrit
ſur ces matieres à d'autres amis qu'à M.
Hermann ; & autres queſtions de ce genre
qui ſont développées dans le jugement de
l'Académie : elles ſont toutes aſſûrément
telles, qu'aucun Tribunal juridique n'auroit pû s'en arroger la connoiſſance : &
comme elles demandent une connoiſſance
profonde des Sciences auxquelles elles ſe
rapportent, je ne vois pas à qui le droit
d'en juger pourroit mieux convenir qu'à
une Académie deſtinée à l'avancement des
ſciences. Or dans toutes ces queſtions il ne
s'agit par le moins du monde de M. *Kœ-*
nig ; & de quelque maniere qu'on les dé-
cide, il n'y ſçauroit trouver le moindre
ſujet de plainte, puiſqu'auſſi-tôt qu'il
s'eſt déſiſté de maintenir la vérité de cette

Lettre,

statim atque defensionem veritatis earum litterarum reliquerit, res in iis contentæ non am-
plius ad eum pertinere sint censendæ. Cum
vero hoc judicium nullo modò ad forum juridicum referri queat, multo sanè minùs novellarum publicarum Compilatores id sibi
vindicare poterunt: minimè autem Cl. Koenigius eorum auxilio opus habet.

Eo autem porrò impudentiæ isti cavillatores
publici sunt prolapsi, ut non solùm judicium
Academiæ scurriliter traducere, sed etiam
ejus sodales indigno modo conviciari non
erubuerint, dum plerosque eorum, qui hoc
judicium suscripsissent, longè aliter sentire,
ab eoque abhorrere sunt calumniati; quam
contumeliam Academia gravissimè ferrè de-
beret, nisi ob summam calumniatorum levita-
tem potiùs contemni mereretur. Quomodò autem cuiquam in mentem venire potest, in hac
re vel præcipitationi vel violentiæ ullum locum fuisse, cum ea per se fuerit maximè aper-
ta, atque ipse Koenigius suâ cunctatione ad
eam examinandam ultra semestre spatium
concesserit? Cum enim esset confessus se autographas Leibnitzii litteras nunquam vidisse,
neque

Lettre, les chofes qui s'y trouvent conte-
nues, font cenfées n'avoir plus aucun rapport avec lui. Ce Jugement n'étant donc
point de nature à avoir dû être déféré à
un Tribunal juridique, a beaucoup plus
forte raifon les Compilateurs des nouvel-
velles publiques ne peuvent-ils fe l'arroger; & M. *Kœnig* n'a aucun befoin de leur
fecours.

Mais ces chicaneurs publics ont porté
non - feulement l'infolence au point de
tourner en ridicule le jugement de l'Académie; mais ils n'ont pas rougi d'outra-
ger indignement fes Membres, en impu-
tant calomnieufement à la plûpart de ceux
qui ont figné ce jugement, d'être dans des
fentimens tout oppofés, & de le défapprou-
ver; outrage qui ne pourroit qu'être ex-
trèmement fenfible à l'Académie, fi l'extrème légereté des calomniateurs ne l'en-
gageoit à le méprifer. Comment pourroit-
il venir à quelqu'un dans l'efprit que la
précipitation ou la violence ayent eu la
moindre part à cette affaire, puifqu'elle a
été traitée de la maniere la plus ouverte,
& que M. *Kœnig* lui-même par fes délais a
laiffé plus de fix mois de temps pour l'examiner; car ayant confeffé qu'il n'avoit jamais vû la Lettre originale de *Leibnitz*,

B &

neque usquam earum vestigium diligentissimâ
inquisitione instituta esset repertum , tum verò
suspicio falsi in Litteris prolatis in dies auge-
retur , ut tandem summum certitudinis gra-
dum consecuta videretur ; quis denique in judicando hæsitare potuerat , quin istis litteris
omnem fidem derogaret , easque summo
Lebnitzio falso tribui pronunciaret ?

Sed dum alios Academicos suæ Sententiæ
pœnitere sunt calumniati , ita etiam ipsum
Judicium à me vel invito , ac nescio qua au-
ctoritate coacto , esse perscriptum , vel mihi
adeò falsò attribui arguunt , proptereà quod
ego Galliarum Legato numquam potestatem
quicquam in Patriâ meâ jubendi adscripturus
fuissem. Verum ubi scripsi jussu Regis & Le-
gati Gallici litteras illas Leibnitzianas esse
quæsitas, nonnisi à malevolis interpretibus hæc
verba ita accipi possunt , quasi illa jussa im-
mediatè ad Magistratus Helveticos essent di-
recta. Numquam autem mihi in mentem ve-
nit dicere Regem jussa illa, quæ de hac re suis
Ministris dederat , ad Magistratus Helveticos

& les recherches les plus exactes faites à cette occasion , n'ayant pû en découvrir le moindre vestige , le soupçon de faux conçû contre la Lettre citée, s'est accrû de jour en jour , jusqu'à ce qu'il ait atteint le plus haut degré de certitude ; & alors qui auroit pû hésiter à juger que cette Lettre ne méritoit aucune créance, & à prononcer qu'on l'avoit attribuée à faux au grand *Leibnitz* ?

Tandis qu'ils accusent calomnieusement les autres Académiciens de se repentir de leur avis, ils prétendent encore que le jugement a été dressé par moi-même malgré moi, que j'y ai été forcé par je ne sçai quelle autorité ; & ils inférent en particulier que l'on auroit tort de me l'attribuer , vû que je n'aurois jamais pû prétendre que l'Ambassadeur de France eût quelque chose à commander dans ma Patrie. Lorsque j'ai écrit qu'on avoit cherché la Lettre par ordre du Roi & de l'Ambassadeur de France , il n'y a que des interpretes malins qui puissent entendre ces paroles, comme signifiant que ces ordres ont été adressés immédiatement aux Magistrats Suisses. Mais il ne m'est jamais venu dans l'esprit de dire que le Roi ait adressé à ces Magistrats les ordres concernant cette affaire , qu'il a

B 2   donnés

eos direxiſſe. Omninò autem Rex de re quâcumque ſuis Miniſtris juſſa dat, qui deinceps litteras cum regiâ voluntate ulteriùs expedire ſolent. Legatus verò Galliarum non per Magiſtratus inquiri curavit, ſed privatis ac præcipuè ſibi ſubordinatis, quibus jure imperare poterat, hoc negotium commiſit. Minimè igitur vereor, ne hac accuſatione Koenigii Patroni, qui ſimul defenſionem libertatis Helveticæ nimis intempeſtivè ſuſcepiſſe videntur, meam fidem in ſuſpicionem adducant.

Quod deinde amicitiam, quâ me cum Profeſſore Koenigio conjunctum perhibent, me ab iſtâ Sententiâ detinere debuiſſe autumant, in eodem errore, quo iniquè cum illo actum eſſe putant, verſantur. In amicitiâ enim nihil omninò reperio, quod me urgeret, ut litteras, quarum fidem ipſe Koenigius probare ſe poſſe negat, pro fide dignis acciperem, neque etiamſi ille non obſtante probationis defectu eas pro talibus venditet, ejus amicis minùs erit liberum ab eo diſſentire. Ab amicis

donnés à ses Ministres. Sans contredit un Roi donne à ses Ministres les ordres qu'il veut sur une affaire quelconque ; & c'est à eux ensuite à s'acquitter ultérieurement de la volonté de leur Maître. Ce n'est point non plus par la voie des Magistrats que l'Ambassadeur de France a fait ses recherches : mais il a commis cette affaire à des particuliers, & sur-tout à des gens qui lui étoient subordonnés, & auxquels il avoit droit de commander. Je ne crains donc point que les Avocats de M. *Kœnig*, qui prennent ici fort mal-à-propos la défense de la liberté Helvétique, puissent répandre quelque soupçon sur ma fidélité par une semblable accusation.

Ce qu'ils ajoûtent, que l'amitié qu'ils prétendent avoir été entre M. *Kœnig* & moi auroit dû me détourner du Jugement qui a été rendu, procéde de la même erreur, qui leur persuade qu'on a agi injustement à son égard. Je ne trouve absolument rien dans l'amitié, qui m'impose l'obligation de regarder comme digne de foi, une Lettre dont M. *Kœnig* reconnoît qu'il ne sçauroit lui-même prouver l'authenticité ; & quand, malgré le défaut de preuves, il voudroit y acquiescer, ses amis n'en sont pas moins libres de penser autre-

B 3   ment.

amicis certè non postulabit, ut in omnibus rebus secum æquè sentiant.

Quod denique ad Dissertationem meam de motu projectorum ex principio minimi definito attinet, quam tractatui meo de Isoperimetris adjunxi supplementi loco, hi assidui Kœnigii propugnatores nimis festinanter affirmant sibi compertum esse, meam dissertationem illam jam anno 1743, Lausannæ in manibus Librarii fuisse. De ipso quidem opere Isoperimetrico, quod aliquot adeò annis antè ad finem perduxeram, hoc jure affirmare possunt; sed additamenta demum postquàm opus Lausannam miseram, confeci, & non multo antè quam lucem aspexit, eò expediveram. Cum igitur totum opus nonnisi circà finem anni 1744, prodierit, Illustrissimus autem Præses noster jam mense Aprili ejusdem anni suum universale principium minimæ actionis Parisiis in publico Academiæ Regiæ conventu exposuerit, omnis suspicio, quam hinc adversùs eum elicere conantur, sponte evanescit.

Præterquàm

ment. Il ne prétend affûrément pas que
fes amis foient de même avis que lui en
toutes chofes.

Enfin, pour ce qui regarde ma differta-
tion fur le mouvement de projectile déduit du principe de la moindre action, que
j'ai ajoûtée en forme de fupplément à mon
Traité des Ifoperimetres, les défenfeurs
infatigables de M. *Kœnig* fe hâtent trop
d'avancer qu'ils fçavent que ma differta-
tion avoit déja été à Laufanne entre les
mains du Libraire dès l'an 1743. Ils fe-
roient en droit de l'affirmer de l'ouvrage
même fur les Ifoperimetres, que j'avois
effectivement achevé quelques années
avant qu'il ait paru: mais je n'ai fait les ad-
ditions que depuis que j'avois envoyé le
Manufcrit à Laufanne, & ne les ai fait par-
tir pour cette Ville que peu avant la publication du Livre. Tout l'Ouvrage
n'ayant donc vû le jour que vers la fin de
l'an 1744, & M. *de Maupertuis* ayant lû dès
le mois d'Avril de la même année fon Mémoire fur le principe univerfel de la moindre action, dans une Affemblée publique
de l'Académie Royale de Paris, tous les
foupçons qu'on voudroit faire naître contre lui à ce fujet, fe détruifent & tombent
d'eux-mêmes.

Outre

Præterquàm autem quod ego *anteà* cum *nemine* istud additamentum communicave-ram, id nullo modò ad præsentem quæstio-nem trahi potest, in quâ unicè quærebatur, utrùm Leibnitzius *litteras illas à* Kœnigio prolatas scripserit, nec ne? His enim remo-tis nullum dubium superesse potest, quin Il-lustrissimus de Maupertuis *primus princi-pium illud minimæ actionis in medium attu-lerit.* Neque enim ego, dum trajectorias cor-porum à vi quacumque centripetâ sollicitato-rum per methodum maximorum ac minimo-rum definivi, plùs præstitisse mihi videor, quam Celeb. Bernoulli *aliique, qui curva-turam catenariæ, lintei liquore onusti, alias-que hujus generis curvas ope methodi maxi-morum & minimorum determinaverunt.* In quibus investigationibus nonnisi principia par-ticularia deprehenduntur, quæ vix latiùs, quàm ad casus quibus sunt applicata, pa-tent. Hîc autem quæstio erat de principio uni-versali, ex quo omnia illa particularia pro-manarent, & quod in omnibus naturæ phe-nomenis tamquam lex sancita spectaretur; cujus propiereà investigatio non tam Mathesi

quam

Outre que je n'avois communiqué ce
fupplément à perfonne avant l'impreſſion,
il n'y a rien qui foit appliquable à la queſtion préfente, où l'on recherche uniquement ſi M. de *Leibnitz* a écrit la Lettre que
M. *Kœnig* lui attribue, ou s'il ne l'a pas
écrite? En effet cette Lettre étant détruite,
il ne reſte plus aucun doute que M. *de
Maupertuis* ne ſoit le premier qui a propoſé
le principe de la moindre quantité d'action.
Car lorſque j'ai employé la méthode *de
maximis & minimis* pour définir les traje-
ctoires que décrivent des corps follicités
par une force centripete quelconque, je
ne prétends pas avoir été au-delà de ce
qu'ont fait MM. *Bernoulli* & d'autres, en
déterminant avec le ſecours de la même
méthode la courbure de la chaînette, celle
d'un linge rempli de liqueur, & d'autres
courbes du même genre. De pareilles recherches ne fourniſſent que des principes
particuliers, qui ne peuvent gueres s'étendre plus loin que les cas auxquels on les
applique. Au contraire il s'agiſſoit ici d'un
principe univerſel, d'où devoient décou-
ler tous ces principes, & qu'on pût regarder comme une Loi établie dans tous les
phénomenes de la nature ; ce qui rendoit
la diſcuſſion moins du reſſort des Mathé-

B 5   matiques,

quam Metaphyſicæ eſt tribuenda ; hujuſque principiis debet eſſe ſuperſtructum. Ac tametſi jam pridem non eſt dubitatum, quin in omnibus naturæ effectis hujusmodi maximi minimive principium ſit conſtitutum, nemo tamen certè ante Illuſt. Præſidem noſtræ Academiæ eſt inventus, qui ſaltèm ſit ſuſpicatus, quibuſnam elementis id contineretur, & quomodo ad cunctos caſus ſit accomodandum. Ego certè illud principium, ex quo trajectorias determinavi, nonniſi à poſteriori cognovi, neque ejus veritatem aliter me docere poſſe ingenuè ſum faſſus, niſi quod ex eo eaſdem curvas eruerim, quæ vulgò per methodum directam ex primis Mechanicæ principiis inveniri ſolent. Quin etiam id latiùs extendere non ſum auſus, quàm quoad per calculum, ejus conſenſum cum principiis notis mihi quidem explorare licuerat. Atque hanc obrem, motus in medio reſiſtente factos, alioſque magis complicatos ab eo principio ſejungendos ſum arbitratus, quoniam nulla mihi via ad ejus veritatem in hujuſmodi motibus explorandam

thématiques, que de celui de la Métaphy‑
fique, fur les principes de laquelle cette
doctrine devoit être fondée. Auffi, quoique
depuis long-temps on n'ait pas doûté, que
dans tous les effets naturels, il y a un fem‑
blable principe de *Maximum* & de *Mini‑*
mum, qui les détermine, perfonne cepen‑
dant, avant l'Illuftre Préfident de notre
Académie, ne s'eft trouvé, qui ait feule‑
ment foupçonné, dans quels élemens ce
principe étoit contenu, & comment on
pouvoit l'accommoder à tous les cas.
Pour moi, je n'ai connu d'une maniere
certaine, qu'*à pofteriori*, le principe dont
je me fuis fervi pour déterminer les traje‑
ctoires, & j'ai avoüé ingénument que je
n'étois pas en état d'établir fa vérité d'une
autre maniere. Tout ce que j'ai fait, c'eft
d'en tirer les mêmes courbes qu'on a coû‑
tume de trouver vulgairement par la mé‑
thode directe, en partant des premiers
principes de la Méchanique. Je n'ai même
ofé en étendre l'ufage, qu'autant que j'ai
pû juftifier par le calcul fon accord avec
les principes connus. Et c'eft ce qui m'a
engagé à féparer de ce principe les mou‑
vemens qui fe font dans un milieu réfi‑
ftant, & d'autres plus compliqués; parce
qu'il ne fe préfentoit à mon efprit aucune
voie

explorandam patebat. Cæterùm cum ipse
Profess. Kœnigius inventionem principii minimæ actionis soli Leibnitzio adscripserit,
satis mirari non possum, quod ejus tam stre-
nui Asseclæ me quoque hujus gloriæ partici-
pem reddere, ac dum in universam Academiam tam atrociter bilem suam effundunt, in
me adeò benigni videri velint.

Objiciunt denique etiam Academiæ, quòd
non simul cum judicio omnes Litteras, quæ
hac occasione ad Professorem Kœnigium
sunt scriptæ, ejusque responsiones, publica-
verit, cum tamen exploratum habeant, hæc
scripta jam Typographo fuisse tradita; unde
maligno æquè ac præcipitanti animo conclu-
dunt, in iis pro Kœnigii causâ insigne fir-
mamentum contineri, eaque propterea Academiam suæ causæ parum fidentem suppri-
mere maluisse. Verùm cum omnia in his scriptis contenta satis dilucidè in ipso judicio sint
exposita, superfluum omninò fuisset volumen
iis inserendis tantopere augere. Tantùm autem abest ut Kœnigius in illis ullum præsi-
dium invenisset, ut potiùs ob id Academiæ
gratias habere debeat, quod iniquitatis, quâ
erga

voie d'en découvrir la vérité à l'égard de ces mouvemens. Au reste M. *Kœnig* voulant attribuer à *Leibnitz* seul l'invention du principe de la moindre action, je ne sçaurois assez m'étonner que ses fidèles partisans me rendent aussi participant de cette gloire, & que dans le même-temps qu'ils répandent avec tant d'atrocité leur bile sur toute l'Académie, ils montrent tant de bonne volonté à mon égard.

Ils objectent enfin aussi à l'Académie, de n'avoir pas publié avec le Jugement toutes les Lettres qui ont été écrites à cette occasion à M. *Kœnig*, avec ses réponses, quoiqu'on sçache que ces pieces avoient déja été remises à l'Imprimeur : d'où ils concluent avec autant de malignité que de précipitation, qu'elles contenoient des choses d'où M. *Kœnig* pouvoit tirer les plus grands avantages, & que c'est pour cela que l'Académie, qui se défioit de sa cause, a mieux aimé les supprimer. Mais comme tout le contenu de ces Ecrits se trouve rapporté assez clairement dans le Jugement même, il étoit tout-à-fait superflu de grossir le volume en les y insérant. Cependant, bien loin que M. *Kœnig* y puisse trouver le moindre secours, il doit plûtôt rendre graces à l'Académie de ce qu'elle

ergà eam in totâ hac perquiſitione eſt uſus, iam manifeſta documenta celare voluerit. Præ, tereà eadem ſcripta quoque in Clar. Kœ, nigii manibus verſantur, quæ nemine repu, gnante edere poſſet, ſi in ejus cauſam ullo modò facere viderentur. Vale.

Dabam Berolini d. 3. Sept.
1752.

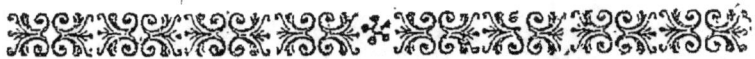

P. S.

HIs finitis contigit mihi videre reſpon, ſionem ipſius Clariſſ. Kœnigii, ſub titulo: APPEL AU PUBLIC editam ; qua perlecta non mediocriter ſum miratus, ipſum æquè ac ſuos defenſores in judicium Academiæ tam vehementer exarſiſſe. Cum enim ipſe in litteris ſuis à ſe jam editis declaraſſet, ſibi perinde eſſe, ſive fragmentum illius Epiſtolæ Leibnitzio tributæ agnoſcatur, ſive rejicia, tur, propterea quòd ejus veritatem aſſerere non poſſet, nullam certè habet cauſam de judicio Academiæ conquerendi, quoniam id

potiſſimùm

qu'elle a bien voulu enfevelir des témoignages auffi manifeftes de l'iniquité avec laquelle il s'eft conduit à fon égard dans toute cette recherche. D'ailleurs les mêmes Ecrits font entre les mains de M. *Kœnig*, & perfonne ne l'empêche de les publier, s'il les croit le moins du monde favorables à fa caufe. Je fuis, &c.

A Berlin le 3 Septemb.
1752.

P. S.

APRE´s avoir achevé cette Lettre, j'ai eu occafion de voir la Réponfe même de M. *Kœnig*, intitulée *APPEL AU PUBLIC*; & l'ayant lûe, je n'ai pas été peu furpris de la véhémence avec laquelle, & lui, & fes défenfeurs, fe déchaînent contre le Jugement de l'Académie. Car ayant déclaré lui-même, comme on le voit dans fes propres Lettres qu'il a fait imprimer, qu'il lui importe fort peu qu'on admette ou qu'on rejette ce fragment de la Lettre attribuée à *Leibnitz*, parce qu'il n'eft pas en état d'en prouver l'authenticité, il n'a affûrément aucun fujet de fe plaindre du
Jugement

potissimùm in rejectione illius fragmenti ver-
sabatur, quam rem Kœnigius *ipse ad se non*
pertinere arbitratur. Quando deindè Acade-
mia judicavit hoc rejectaneo scripto jus, quo
Ill. Præses de Maupertuis sibi inventionem
principii minimæ actionis vindicat, minimè
debilitari, hoc Clariss. Kœnigius *multo mi-*
nùs ægrè ferre potest, cùm ipse profiteatur
sibi nunquam propositum fuisse, productione
hujus scripti inventionem principii illius in
dubium vocare : his autem duabus quæstio-
nibus, quæ certè nullis Jurisprudentiæ for-
mulis implicantur, totum Academiæ Judi-
cium continebatur, atque omnes exceptiones,
quæ contrà hujus Judicii formam ac Judices
proferuntur, sponte evanescunt. Cùm enim
Illustr. Præses statim ab hac dijudicatione
controversiam de veritate principii removere
statuisset, de hoc unicè sollicitus, utrùm id ex
aliorum scriptis hausisse censendus sit, nec
ne : neque etiam nunc hanc litem cum Kœ-
nigio, quam perpetuo huic quæstioni immis-
cere est conatus, suscipere velit; Academia
quoque istam controversiam à suo judicio stu-
diosè

Jugement de l'Académie , qui a pour objet principal la réjection de ce fragment ;
affaire à laquelle M. *Kœnig* avoue qu'il
n'eſt point intéreſſé. Quand enſuite l'Académie à jugé que cet écrit rejetté ne pouvoit porter aucune atteinte au droit , en
vertu duquel M. *de Maupertuis* revendique
la découverte du principe de la moindre
action , M. *Kœnig* doit s'en formaliſer encore moins , puiſqu'il reconnoît qu'en pro-
duiſant cet écrit , il n'a jamais eu en vûe
de révoquer en doute cette découverte.
Or tout le Jugement de l'Académie ſe réduit à ces deux queſtions , qui ne ſont aſſûrément dépendantes d'aucunes formules
de juriſprudence ; & toutes les exceptions
qu'on allegue contre la forme de ce Jugement, & contre les Juges, tombent d'elles-
mêmes. M. *de Maupertuis* ayant tout d'a-
bord réſolu d'écarter de ce Jugement la
controverſe ſur la vérité du principe, s'ar-
rêtant uniquement à faire examiner , ſi l'on
peut l'accuſer de l'avoir puiſé dans les
écrits des autres , ou non ; & ne voulant
point encore actuellement entrer avec M.
Kœnig dans cette diſcuſſion , que celui-ci
tâche perpétuellement de mêler à la queſtion ; l'Académie a auſſi pris un ſoin particulier de ſéparer cette controverſe de ſon

C   Jugement,

diosè segregavit. Quamvis enim ego in meâ relatione imbecillitatem objectionum , quas Koenigius contra veritatem principii istius fecerat, dilucidè ostendissem , hæc disquisitio nullo modo in judicium est translata; sicque ii Academiæ socii qui non in studiis Mathematicis versantur; temerè à Koenigio accusantur, quasi de rebus , quas non intellexissent, judicium tulissent. Exceptio porrò , quâ ob numerum Academicorum præsentium non satis magnum, judicium infirmare conatur , planè est ridicula, cum hic numerus solito fuerit major.

Quemadmodum igitur is jam ab initio statum quæstionis continuò pervertere est annisus, ita nunc etiam in hac responsione ubique in aliena divagatur ; iisdemque planè armis Academiæ Judicium aggreditur, quibus Novellarum editores jam sunt usi : ex quo novâ refutatione non erit opus. Non solùm autem hic auctoritatem epistolæ Leibnitzio adscriptæ nullis validioribus argumentis confirmat; sed etiam cum eam anteà ad Hermannum
scriptam

Jugement. En effet , quoique dans mon rapport j'aie fait voir clairement la foibleſſe des objeƈtions que M. *Kœnig* a formées contre ce principe , cette diſcuſſion n'a nullement paſſé dans le Jugement ; & par conſéquent les Membres de l'Académie , qui ne ſont pas verſés dans les Mathéma- tiques , ſont accuſés à tort par M. *Kœnig* d'avoir porté leur Jugement ſur des choſes qu'ils n'entendoient pas. Et pour l'excep- tion par laquelle on voudroit invalider le Jugement même , ſous prétexte que le nombre des Académiciens préſens n'étoit pas aſſez grand , elle eſt tout-à-fait ridi- cule , puiſque ce nombre étoit plus conſi- dérable qu'à l'ordinaire.

Mais, comme dès le commencement M. *Kœnig* a mis tout en œuvre pour pervertir l'état de la queſtion , il fait de même dans ſon *Appel* des écarts continuels , & ſe ſert pour attaquer le Jugement de l'Académie préciſément des mêmes armes qui ont été employées par les Gazetiers ; en ſorte qu'il n'eſt pas beſoin d'en donner une nou- velle réfutation. Non-ſeulement il n'éta- blit point ſur des argumens plus forts l'au- torité de la Lettre attribuée à *Leibnitz* ; mais encore , après avoir aſſûré ci-devant que cette Lettre avoit été écrite à M. *Her-*

C 2 *mann,*

scriptam fuisse asseverasset , postquam cogno-
vit inquisitionem Basileæ esse institutam , at-
que etiam ternas litteras Leibnitzianas *ad*
Hermannum *datas huc esse transmissas , su-*
bitò eum sententia vertit , ita ut nunc planè
fateatur, sibi ne hoc quidem constare, ad quem
illa epistola à se producta fuerit scripta ; quâ
confessione certe Judicium Academiæ , si cui-
quam adhuc dubium videri potuisset, maximè
corroboratur.

Misso autem nunc hoc fragmento, Cl. Koenigius *alios auctores inducit ,* Malebran-
chium , s'Gravesandium , Engelhardum ,
& Wolfium , *quos jam eodem minimæ actio-*
nis principio usos fuisse perhibet ; & quemcum-
que prætereà alium reperiet, apud quem forte
Minimi *vocabulum occurrit , eum eodem*
jure huc referre posset. Manifesto autem hi
Auctores , vel ideam multum diversam cum
illo minimo *, de quo loquuntur , conjun-*
gunt , vel longè alio modo ad phænomena
accommodant , vel in quo caput rei est posi-
tum , sua hujusmodi principia ipsi pro maxi-
mè particularibus venditant. s'Gravesan-
dius *enim , cui primariæ partes tribuuntur ,*

in

mann, dès qu'il a fçu qu'on en avoit fait la reeherche à Bâle, & que trois Lettres de *Leibnitz* à M. *Hermann* en avoient été envoyées ici, il a tout-à-coup changé de fentiment, de forte qu'il avoue maintenant qu'il ne fçait pas même bïen à qui la Lettre qu'il a produite étoit adreffée ; aveu qui donne fans contredit une très - grande force au Jugement de l'Académie, s'il étoit poffible qu'il parût encore douteux à quelqu'un.

Mais M. *Kœnig* abandonnant ce fragment, va chercher le P. *Malebranche*, Mrs. *s'Gravefande*, *Engelhard*, & *Wolff*, comme ayant déja fait ufage de ce principe de la moindre action ; & toutes les fois qu'il rencontrera chez quelqu'un le mot de *minimum*, il pourra en tirer la même conclufion avec autant de droit. Cependant il eft manifefte que ces Auteurs, ou bien attachent une idée toute différente à ce *minimum* dont ils parlent, ou qu'ils l'appliquent tout autrement aux phénomenes de la nature ; ou enfin, ce qui eft l'effentiel, qu'ils ne propofent ces principes qu'ils adoptent, que comme tout-à-fait particuliers. M. *s'Gravefande*, par exemple, auquel on donne ici le premier rang, dans les endroits qu'on cite, ne parle que des

C 3   forces

in locis indicatis non nisi de viribus vivis loquitur, à quibus principium minimæ actionis
multùm discrepat: deinde, quando dicit in
conflictu corporum mollium minimam virium
vivarum quantitatem perire, præterquàm
quod hîc de casu maximè particulari est ser-
mo, hanc propositionem singulari conditioni
adstringit, dum celeritatem relativam eamdem assumit, ita ut illa virium vivarum
jactura tum demum sit minima, quamdiù
celeritas relativa ejusdem magnitudinis ma-
net. Illustr. autem Wolfius, in dissertatione
Tom. I. Comm. Petrop. inserta, non nisi de
viribus vivis loquitur, quarum mensuram ex
idea actionis adstruere annititur; minimi autem, quo actio sit prædita, nullo verbo mentionem facit. Quod si hujusmodi exceptioni-
bus locus concederetur, nihil certè novi nunc
quidem produci posset: vix enim eveniet,
ut non apud quempiam auctorem, vel hujusmodi similes ideæ, vel saltem similes
locutiones reperiantur, quibus pari omninò
jure omnes novæ inventiones convelli possent.

Quod autem Clariss. Koenigius de meo
schediasmate, Comment. Petrop. Tom. VIII.
insert

forces vives , dont le principe de la moindre action differe beaucoup : enfuite ,
quand il dit que dans le choc des corps
mous il ne périt que la plus petite quantité
des forces vives, outre qu'il s'agit là d'un
cas tout-à-fait particulier , il attache cette
propofition à une condition finguliere, en
pofant que la vîteffe relative eft la même,
en forte que cette perte des forces vives
n'eft la plus petite que tant que la vîteffe
relative demeure de la même grandeur. A
l'égard de M. *Wolff* , dans fa Differta-
tion inférée au Tome I. des Mémoires de
l'Académie de Peterfbourg , il ne parle
que des forces vives , dont il tâche de dé-
duire la mefure de l'idée de l'action , fans
faire aucune mention du *minimum* qui fe
trouve dans cette action. Si de pareilles
exceptions étoient recevables, on ne pourroit jamais rien produire de nouveau ; car
il feroit bien difficile qu'on ne trouvât
dans quelque Auteur ou des idées , ou du
moins des expreffions femblables, dont on
pourroit fe fervir avec le même droit pour
attaquer toutes les nouvelles découvertes.

Quant à ce que M. *Kœnig* étale avec
tant de confiance au fujet de la Differta-
tion que j'ai inférée dans le Tome VIII.
des Mémoires de Peterfbourg , fur une

pro-

inserto, circa proprietatem numerorum primorum tantâ confidentiâ aggerit, ut me penitùs
perculfum iri autumet, fatis declarat, quantâ
negligentiâ in judicando verfetur : & quam
facile ex leviffima circumftantia caufam ca-
villandi arripiat. Statim enim in initio hujus
fcripti palàm fum profeffus, theorema cujus
demonftrationem ibi adornavi, jam dudum
à Fermatio effe inventum, qui etiam fe ejus
demonftrationem habuiffe affeveraverat. Quia
autem ejus demonftratio numquam, quantùm
mihi conftaret, effet edita, ego in hoc tantùm
laboravi, ut iftam demonftrationem quafi de-
perditam reftituerem. Tantùm igitur aberat,
ut ego ullam gloriolam in hac demonftratione
quæfiverim, ut potiùs ingenuè fim faffus, tam
ipfum theorema quam ejus demonftrationem
jam pridem à Fermatio fuiffe detectam.
Quod fi ergo fummus Leibnitzius ante me
eandem demonftrationem invenit, quam tamen æquè parum atque ipfam Fermatianam
unquam vidi, nihilo verò minùs affertioni Cl.
Kœnigii fidem libenter adhibeo ; equidem
facilè patior me pro tertio hujus theorematis
demonftratore haberi, cum Leibnitzius fuiffet
        fecundus,

propriété des nombres premiers, penſant me terraſſer entierement par-là, il montre aſſez avec quelle négligence il porte ſes jugemens, & combien il eſt prompt à ſai-ſir les moindres circonſtances pour en fai-re naître des chicanes. Car dès l'entrée de cette Diſſertation j'ai déclaré ouvertement que le théoreme dont j'y donne la démon-ſtration, avoit été trouvé depuis long-temps par *Fermat*, qui a auſſi aſſûré qu'il en avoit la démonſtration. Mais comme cette démonſtration, autant que je le ſçais, n'a jamais été publiée ; j'ai travaillé ſeule-ment dans l'intention de réparer en quel-que ſorte cette perte. J'étois donc bien éloigné de penſer à tirer quelque gloire de cette démonſtration, puiſque j'ai dit ſi ingenûment qu'elle avoit été découverte depuis long-temps par *Fermat*. Si donc M. *de Leibnitz* l'a auſſi trouvée avant moi, ce dont je n'ai pas plus de connoiſſance que du travail de *Fermat*, j'ajoûte foi ſans aucune difficulté à l'aſſertion de M. *Kœ-nig*, & je ſuis fort content de n'être que le troiſieme démonſtrateur de ce théoreme, M. *de Leibnitz* ayant été le ſecond, & toute la gloire de la premiere démonſtration étant dûe à *Fermat*. M. *Kœnig* ne m'épou-vante donc point en menaçant tant de pro-

C 5   duire

secundus, Fermatio *autem soli gloria primæ demonstrationis debeatur. Minimè igitur Cl.* Koenigius *me hac epistolâ* Leibnitziana*, cujus adeò autographo mihi minatur, terrefecit; sed potiùs ei ob hanc rem gratias habeo, ac non solùm tranquillo, sed etiam læto animo, ejus epistolæ publicationem expecto. Majores verò etiam ei gratias haberem, si indefesso suo scripta summorum virorum inedita perscrutandi studio, etiam* Fermatiana *exquireret, & in lucem produceret; multa enim, quæ ego magno labore circa numerorum naturam elicui, in iis certè reperirem, ac multò majora ex iis discere sperarem in quibus enodandis adhuc irrito conatu laboravi. Tantùm igitur abest, ut me publicatio hujusmodi scriptorum percellat, ut ea potiùs avidissimè essem arrepturus.*

Koenigius *quoque Judicium Academiæ eo traducere conatur, quod schedulæ* Hermanni *fratris defuncti, ad se datæ & Academiæ transmissæ, nullam fecerit mentionem, cum tamen ex ea, ut ait, liqueat, sibi ab isto* Hermanno *litteras* Leibnitzianas *ad fratrem ejus olim datas, nunquam esse concreditas,*

duire l'original de cette Lettre de *Leibnitz*; je l'en remercie tout au contraire, & j'attendrai non-feulement avec tranquillité, mais même avec joie, la publication de cette Lettre. Mais je lui ferois encore bien plus obligé, fi par fes foins infatigables à déterrer les écrits anecdotes des grands hommes, il pouvoit découvrir auffi, & mettre au jour ceux de *Fermat*; car j'y trouverois affûrément bien des chofes concernant la nature des nombres, qui m'ont coûté beaucoup de peine à découvrir, & je me flatterois d'y en apprendre de bien plus confidérables encore, dont mes efforts n'ont pû venir à bout. Tant s'en faut donc que la publication de femblables écrits m'effraye, que je les recevrois plûtôt avec une extrème avidité.

M. *Kœnig* attaque auffi le Jugement de l'Académie fur ce qu'on n'y a fait aucune mention d'un billet que M. *Hermann*, frere du défunt, lui a écrit, & qu'il a envoyé à l'Académie; quoique, dit-il, ce billet faffe voir que ce M. *Hermann* ne lui a jamais donné les Lettres que M. *de Leibnitz* a autrefois écrites à fon frere, comme on l'infinue dans le jugement. Mais quoique cela ne faffe rien au fonds de la chofe, & que M. *Kœnig* eût pû s'approprier ces Lettres

à

ditas , quemadmodùm in Judicio innuitur.
Sed etiamsi hoc nihil ad rem conferat , &
Clariss. Kœnigius has Litteras inscio Her-
manno obtinere potuerit , tamen monuisse
sufficiat, suspicionem , quòd eæ penes Kœ-
nigium reperiantur non inde esse natam , quòd
Basileæ non fuerint inventæ , sed aliis indi-
ciis aliunde factis inniti : quæ suspicio quan-
tumvis aliàs firma videatur , tamen non nisi
pro suspicione est data, parumque refert utrùm
fundamento careat , nec ne ?

Quod ad reliquas objectiones attinet ; quo-
niam vel ab instituto sunt alienæ , vel omninò
similes sunt ejus quam contra meam numero-
rum primorum demonstrationem tantâ com-
minatione in medium attulit ; plus enim pon-
deris ne ipse quidem iis quam huic tribuere
velle videtur , quandoquidem hac me peni-
tùs humi prostravisse putat ; superfluum foret
ullam operam in iis diluendis collocare , cum
in superioribus litteris ad eas satis abundè sit
responsum ; & nunc quidem atrocissimus ille
impetus in me factus tam feliciter sit repulsus.

Cæterùm , cum Cl. Professor Kœnigius ,
tantoperè conqueratur de injuria , quâ in Ju-
dicio

à l'infçu de M. *Hermann*, il fuffit de remarquer ici que le foupçon que ces Lettres font entre les mains de M. *Kœnig*, n'eft point fondé fur ce qu'elles ne fe font pas trouvées à Bâle , & qu'on l'a conçû d'après d'autres indices : mais quoique ces indices ayent paru affez forts , on ne l'a donné que pour un foupçon , & il importe fort peu qu'il foit fondé , ou non.

À l'égard des autres objections , comme elles font étrangères à la queftion , ou qu'elles reffemblent tout-à-fait à celles que M. *Kœnig* a produit d'un ton fi menaçant contre ma démonftration des nombres premiers ; car il ne fçauroit leur attribuer un plus grand poids , dès-là qu'il penfe m'avoir accablé par celle-là ; il feroit füperflu de prendre la moindre peine pour les réfoudre , la lettre précédente y ayant pleinement fatisfait ; & cette véhémente fortie fur moi étant affez repouffée par ce que je viens de dire.

Au refte puifque M. *Kœnig* fe plaint tant de la maniere injurieufe dont il croit qu'on a agi avec lui dans le Jugement de l'Académie , je ne fçaurois m'empêcher de répéter que ce jugement ne regarde point fa perfonne , mais feulement l'écrit qu'il avoit produit , auquel pour les raifons les

plus

dicio Academiæ secum actum esse putat, non possum, quin denuò repetam, Judicium Academiæ non ad ejus personam, sed unicè ad scriptum à se prolatum spectare, cui ob rationes manifestissimas omnis fides est derogata, quod ipse nullo modo ægrè ferre potest. Quod autem ad suspiciones in eodem Judicio memoratas attinet, quæ non obscurè pessimam ejus causam, atque animum à fraude non adeò alienum indicare videbantur, iis certè ipse amplissimam dedit occasionem, dum perpetuò quæstionem perturbare, atque ab eo quod unicè quærebatur, ad disquisitiones penitùs alienas detorquere est conatus. Quemadmodùm igitur Academiæ iniquissimè imputat, Judicium, vel de se, vel de ipso principio minimæ actionis esse factum, ita nemini nisi sibi ipse imputare debet, si suspicionibus gravioribus est oneratus. Neque verò nunc per suam defensionem se ab his suspicionibus liberavit; quin potiùs quæ affert, ita sunt vel levia, vel injuria ut easdem suspiciones non mediocriter confirmare videantur. Minimè enim profectò tam ridiculo modo meam de numeris primis demonstrationem aggressurus fuisset;

plus évidentes on a refusé toute croyance ; ce qu'il ne doit pas trouver mauvais. Quant aux soupçons rapportés dans le même Jugement, qui paroissoient indiquer d'une maniere assez claire la perversité de sa cause, & une disposition peu éloignée de la fraude, il y a donné lui-même l'occasion la plus forte, en voulant perpétuellement brouiller la question, & la tourner sur des recherches qui n'y avoient aucun rapport. Comme donc il impute très-injustement à l'Académie, d'avoir porté son jugement sur sa personne, ou sur le principe même de la moindre action ; s'il se trouve chargé des soupçons les plus graves, il ne le doit imputer qu'à lui-même. Et à présent même, loin d'avoir écarté ces soupçons par sa défense, il paroît au contraire les confirmer par la foiblesse & les injures dont est rempli ce qu'il allègue. Car assûrément il n'auroit pas attaqué d'une maniere si ridicule ma démonstration sur les nombres premiers, s'il avoit eu de meilleures choses à dire pour sa cause : pour ne pas parler ici des imputations frivoles par lesquelles il ne rougit point de vouloir charger nôtre illustre Président de plagiat.

Sur-tout c'est un raisonnement bien remarquable, que celui par lequel il tâche de

fuiſſet, ſi ſolidiora argumenta ad cauſam ſuam
defendendam in promtu habuiſſet ; ut taceant
maximè frivolas illas imputationes, quibus
Illuſtr. Præſidem in plagii ſuſpicionem addu-
cere non erubeſcit.

Imprimis autem memorabilis eſt argumen-
tatio, quâ ipſius adeò religionem ſuſpectam
reddere conatur, dum ex eo, quod ſcriptis à
Kœnigio productis, quorum autographa ne-
que ipſe neque quiſquam teſtis fide dignus
viderit, non credendum judicaverit, per lo-
gicam ſuam ſublimiorem colligit, Illuſt. Præ-
ſidem etiàm ne ſanctiſſimis quidem monumen-
tis, quibus veritas Religionis Chriſtianæ inni-
titur, fidem adhibere debere ; proptereà quòd
ipſe autographa non inſpexerit. Quaſi verò
graviſſima Religionis teſtimonia ullo modo
cum teſtimonio Kœnigiano, quod ne ipſe
quidem pro teſtimonio afferre audet, compa-
rari queant.

de rendre la religion de M. *de Maupertuis* fuſpecte, en ſe fondant ſur ce qu'il refuſe créance aux écrits produits par M. *Kœnig*, parceque ni lui, ni aucun témoin digne de foi, ne les a vûs ; d'où il conclut en vertu de ſon admirable Logique, qu'il ne ſçauroit ajoûter foi aux reſpectables monumens ſur leſquels notre ſainte Religion eſt appuyée, d'autant qu'il n'a pas vû lui-même les originaux. Comme ſi les importans témoignages d'où dépend la certitude de la Religion, pouvoient être mis en aucune comparaiſon avec le témoignage de M. *Kœnig*, qui lui-même n'oſeroit produire comme un témoignage digne de foi.

LETTRE

LETTRE

DE

M. DE MAUPERTUIS

A M. EULER.

J'AI lû, Monsieur, avec la plus grande satisfaction la Lettre que vous avez écrite à M. Merian *au sujet des articles injurieux qu'on a vûs dans quelques Gazettes littéraires. Vous faites voir avec l'évidence qui vous est propre, combien* M. Kœnig *est peu en droit de se plaindre du Jugement de l'Académie : puisque quant à la compétence, il n'y a aucun autre Tribunal qu'une Académie des Sciences qui puisse juger une affaire de la nature de celle dont il étoit ici question, & que, quant au fond du Jugement qu'elle a rendu, dans tous les Tribunaux du monde, tout ce qui est avancé contre l'honneur de quelqu'un, sans que celui qui l'avance le puisse prouver, est réputé faux.*

D'au-

D'autres Gazettes viennent de publier, que j'avois écrit à Madame la Princeſſe, Gouvernante des Provinces Unies & a la Cour de Brunſwick, pour ôter à M. Kœnig tout moyen de ſe juſtifier : & quoique les Letres que j'ai l'honneur d'écrire a des perſonnes d'un tel rang ne dûſſent pas ſervir de matière à des écrits publics ; cependant, puiſqu'on les cite, je me trouve obligé de dire ici ce que j'ai demandé à S. A. R. En lui envoyant le Jugement de l'Académie, & lui faiſant connoître les ſujets de plainte que je pouvois avoir contre M. Kœnig, de qui cependant je n'avois exigé aucune réparation, & pour lequel j'avois prié même l'Académie de ne pas pouſſer ſon Jugement auſſi loin qu'il pouvoit aller, je priois S. A. R. de me mettre déformais à couvert de pareilles ſcènes de ſa part, & de lui impoſer ſilence ſur ce qui me concerne : mais je n'avois garde de demander qu'on lui ôtat les moyens de ſe juſtifier, que l'Académie l'avoit ſi long-temps preſſe de donner s'il les avoit eus.

Quoique perſonne, Monſieur, ne ſoit mieux inſtruit que vous de toute cette affaire, permettez-moi d'en retracer ici le ſommaire pour ceux qui liront votre Lettre, & qui peut-être n'auront pas lû votre Mémoire, ni le

Jugement

Jugement de l'Académie. Je croyois M.
Kœnig de mes amis, & j'avois tout lieu de
le croire, lorsqu'il fit paroître une dissertation
pour détruire un Ouvrage que je venois de
publier. Malgré tout ce qu'il y avoit d'injuste
dans cette critique, j'y fus peu sensible ; mais
il s'y trouvoit un article sur lequel nous ne
pouvions pas avoir la même indifférence :
c'étoit le fragment d'une Lettre inconnue de
M. de Leibnitz, qui ne tendoit à rien moins
qu'à faire croire que vous & moi étions des
plagiaires. Je portai la chose devant l'Académie, qui se trouva intéressée à examiner à
qui en effet appartenoit ce que nous avions
donné comme nous appartenant, dans des
ouvrages qu'elle avoit adoptés. Après tous
les éclaircissemens possibles, les plus longs
délais & le plus mûr examen, elle jugea que
le fragment n'étoit point de M. de Leibnitz.
Cette décision a déplû à M. Kœnig & à ses
partisans : ils ont répandu dans diverses
Gazettes des invectives contre l'Académie :
cela est injuste ; mais cela n'est pas sur-
prenant.

Quant à moi, comme pour la part que
j'avois dans cette affaire, je m'en suis re-
mis totalement à l'Académie ; comme je n'ai
jamais attaqué M. Kœnig, ni n'ai aucune
au-

animosité contre lui ; je souhaiterois, je l'a-
vouë, n'être plus exposé à des procédés tels
que ceux qu'il a eus avec moi: mais si je n'y
puis parvenir, ils ne troubleront ni mon re-
pos, ni ne me feront perdre mon temps. Et
quant à ce qui regarde l'Académie, elle est
trop au-dessus des discours que peuvent tenir
des gens mal intentionnés, ou mal instruits,
pour qu'elle y doive faire attention. J'ai l'hon-
neur d'être très-parfaitement, M. Votre &c.

P. S.

Je viens de recevoir l'Appel de M. Kœnig au public : & j'ai vû aussi quelques écrits
anonymes, remplis d'autres injures, adressés
aux personnes les plus respectables de notre
Académie. Cela ne me fait point changer de
résolution. C'est une chose plaisante, que ce
principe qu'on a d'abord voulu attribuer à
Leibnitz, sans y pouvoir réussir, qu'on a ensuite voulu vous donner, mais que votre can-
deur & votre supériorité vous ont empêché
d'accepter ; que ce principe se trouve maintenant dans Malebranche, dans s'Gravesan-
de, dans M. Wolff, dans les leçons que M.
Ergelhard donne aux Anglois.

D 3   Mais

Mais soit : que le principe de la moindre quantité d'action soit connu depuis si long-temps, & de tant d'Auteurs : si j'étois aussi vain qu'on le suppose, j'aimerois peut-être encore mieux que cela fût ainsi. Je me trouverois plus flatté d'avoir été le seul qui en ait déduit les Loix générales de la communication du mouvement des corps durs & des corps élastiques ; tandis que les plus grands hommes qui avoient les mêmes connoissances que nous, ont cherché inutilement un principe qui fût seulement compatible avec ces Loix ; & que l'impuissance où ils ont été de l'assigner, les a réduits à dire qu'il n'y avoit point de corps durs dans la nature.

Lors donc que M. Kœnig aura produit la Lettre dont il a cité le fragment, il aura fait sans doute quelque chose de fort utile pour lui-même : mais je ne crois pas que cela serve beaucoup à la gloire de M. de Leibnitz ; car j'aurai toûjours l'avantage de m'être servi plus heureusement que lui d'un instrument qu'il avoit eu sous sa main ; comme je l'ai déja dit dans la Préface de ma Cosmologie.

Je suis dans une assez parfaite indifférence sur la découverte du principe de la moindre quantité d'action, ou sur l'usage que j'en ai fait. Je ne suis pas plus ému des termes indé-

cens

cens dont se sert M. Kœnig. Je ne serois pas
si tranquille sur un autre article de son appel,
s'il avoit le moindre fondement. Il veut me
faire soupçonner d'irreligion , parce que j'ai
révoqué en doute l'authenticité de la Lettre
qu'il citoit. Qu'il critique tant qu'il voudra
mes Ouvrages , je ne désire ni son approba-
tion , ni son estime : mais qu'il veuille conclurre
des règles de Logique dont je me sers , que je
manque de persuasion pour les vérités que la
Religion nous enseigne ; c'est une accusation
odieuse qui fait voir à quoi il est réduit.

VIRO CELEBERRIMO

EULERO

S. P. D.

MERIANUS.

QUÆ in litteris ad me datis circà vitili-tigatorum, tam Lipſienſium, quam Hamburgenſium, imperitam æquè ac impudentem criſin obſervas, eò majori cum animi voluptate perlegi, quo non ſolùm inſulſos illos minorum gentium litteratores ad ſilentium, ſi modò ſilere poſſent, redactos, ſed & pleraque ea præoccupata vidi quæ à Cl. Profeſſore Kœnigio contra ſententiam Academiæ atroci atque amarulento ſcripto concredita, nunc demùm in publicam lucem prodeunt. His tuis Litteris ſi jungantur, quæ ſupplementi loco addis, nihil omninò relinqui exiſtimo quod ad gloriam Academiæ tuendam, ejusque de-
creta

LETTRE
DE
M. MERIAN
A M. EULER.

MONSIEUR,

J'AI lû avec un plaifir infini la Lettre que vous m'adreffez touchant la maladroite & impertinente critique de ces chicaneurs de Leipfig & de Hambourg. Vous avez confondu, on ne peut pas mieux, les propos de ces Littérateurs fubalternes, & vous les auriez réduits à un filence perpétuèl fi les ignorans pouvoient fe taire. Vous faites plus: vous prevenez prefque tout ce que M. le Profeffeur *Kœnig* vient de publier dans un écrit plein de fiel & d'amertume, en vûe d'énerver la fentence que l'Académie a prononcée. Le fupplément joint à votre Lettre ne laiffe

creta à pravis malevolorum hominum suspicionibus liberanda pertineat ; & in hoc
æquos rerum æstimatores à partibus nostris
stare confido.

*Q*uod inepti & vitio creati Censores , rei=
publicæ Litterariæ fex & purgamentum , in
summos viros audacter grassentur , sine examine, sine judicio, postpositâ omni honesti
decorique curâ, temerè effutientes quæcumque
ipsis vel splendida bilis , vel venale inge-
nium, ejusque largitor venter dictavit; quod
integras Academias coram Areopago suo
traducere, & in eas quasi de solio decernere
non vereantur ; id sanè mirum non videbitur
iis qui norunt homunculorum frontem ; ego
equidem mirarer, si quid sani à talibus pro-
ficisceretur. Verùm obstupesco planè, quando
virum eruditum , quem musarum consortia,
Philosophia imprimis magistra, & vitæ ele-
gantioris consuetudo , ad mitiorem animum
formare debuissent, mores inconditæ istius
turbæ

rien à défirer pour le maintien de l'honneur de l'Académie, & pour faire tomber
entierement les iniques foupçons que des
gens mal intentionnés ont voulu répandre. Je me flatte qu'après ces éclairciffe-
mens tous ceux qui fçavent donner aux
chofes leur jufte prix, fe rangeront de
notre côté.

Que des cenfeurs imbécilles & ignorans, la lie & le rebut de la République
des Lettres, exercent leur rage infolente
fur les plus grands hommes ; que fans examen, fans jugement, au mépris de toute
honnêteté & décence, ils barbouillent le
papier au hafard de tout ce que leur fouf-
fle un débordement de bile, un efprit
mercénaire, ou le démon de la famine;
qu'ils ofent citer des Académies entieres
devant leur ridicule Aréopage, & décré-
ter contr'elles comme autant de Monar-
ques affis fur leurs trônes : je n'en fuis nullement furpris. Ceux qui connoiffent l'effronterie de ces Meffieurs, ne le feront
pas davantage : on s'étonneroit au contraire fi quelque chofe de raifonnable pouvoit fortir de leurs plumes. Mais qu'un
homme habile, en qui le commerce des
Mufes, les leçons de la fageffe & l'ufage
du monde auroient dû former une ame
plus

*turbæ imitari, & cum eâ quasi de palmâ
contendere animadverto.*

*Quisquis scriptum apologeticum Clariss.
Professoris Koenigii sedatâ mente perlustrat,
nec se à vanis declamationibus abripi patitur,
nihil profectò præter iniqua scommata & eorum quæ ad rem vel parum, vel omninò non
faciunt, farraginem ibi deprehendet. Quamvis enim Vir Clariss. totum, ut ita dicam,
jurisprudentiæ sese involvat, nobisque ejus
imperitiam singulis ferè paginis exprobret,
ipse tamen primus sanctissimas juris regulas
susque deque habet, dùm non tantùm limites
inculpatæ tutelæ transgreditur, sed & statum
quæstionis, peregrina immiscendo, ubique
perturbat, nec ad ea, quæ unicè quæruntur,
ullibi sufficienter respondet.*

*Sententia Academiæ, clarissimis concepta
verbis circà fragmentum Epistolæ* Leibnitzianæ *versatur; de veritate & momento
principii parcimoniæ ab illustrissimo Præside*

plus douce ; que cet homme, dis-je, imite la conduite & le langage de cette vile troupe de Gazetiers ; qu'il leur dispute, pour ainsi dire, le pas : c'est une chose qui me passe ; une surprise dont je ne sçaurois revenir.

Que de sang froid, & sans se laisser aller à de vaines déclamations, on parcourre d'un bout à l'autre l'*appel* de M. *Kœnig* ; qu'on en sépare & les railleries insultantes, & un fatras de choses qui ne vont point au fait, on sera fort embarrassé où trouver le reste : car, quoique M. *Kœnig* se fasse, pour ainsi dire, tout blanc de jurisprudence, quoiqu'il nous reproche, presque à chaque page, l'ignorance du droit, il ne laisse pas pour cela d'en enfreindre tout le prémier les préceptes les plus sacrés. Non-seulement il passe les limites d'une défense légitime, mais il pervertit encore partout l'état de la question par un mêlange étranger & inutile : enfin on ne voit pas un mot de réponse valable aux choses essentielles.

La sentence de l'Académie, conçûe en termes très-clairs, regarde uniquement le fragment de la Lettre de *Leibnitz*. Il y regne un profond silence sur la vérité & l'importance du *principe d'épargne* dont notre illustre

*fide in lucem producti altum ibi eſt ſilentium;
quin imò identidem inculcatur, nos eâ de re
judicare nolle, adeò ut unicuivis Academi-
co, ſalvo ſuo circà fragmentum Judicio, de
principio illo vel nihil planè vel aliter ſentire
liberrimum ſit. Quo igitur jure, aut quâ ſal-
tem juris ſpecie factum eſt, ut Vir Cl. duas
iſtas quæſtiones toto cœlo inter ſe diverſas perpetuò confunderet, nobiſque invitis & relu-
ctantibus ſententiam, quam numquam pro-
nunciavimus, affingeret? cauſa in promtu
eſt; nimirùm ut occaſio inde enaſceretur affectibus impotenter indulgendi, contumelioſa
dicta, quorum magnam ſibi copiam parave-
rat, in Academiam egerendi, & notam, ſi
modò poſſet, perpetuam illuſtri huic Societati
inurendi.*

*A Judicio Academiæ ad Judicium publi-
cum provocat; verùm nonne etiam Academiæ Judicium publici juris eſt factum? Vel
an unquam Sententiam noſtram orbi erudito
pro autoritate obtrudere conati ſumus? Si, ut*

cum

illuſtre Préſident a fait la découverte ;
nous donnons même à connoître en plus
d'un endroit que nous ne décidons point
ſur cette matiere ; ainſi chaque Académicien , ſauf le Jugement qu'il a porté ſur le
fragment , joüit d'une pleine liberté de
penſer ſur ce principe autrement que ne
fait M. de *Maupertuis* , ou même de n'en
penſer rien du tout. De quel droit donc ,
ou au moins avec quelle ombre de droit ,
M. *Kœnig* confond-il par - tout ces deux
queſtions qui different totalement en-
tr'elles ? Sous quel prétexte oſe-t-il , malgré nous & par force , nous attribuer une
ſentence que nous aſſûrons n'avoir jamais
prononcée ? Il ne faut pas aller bien loin
pour trouver la raiſon d'une telle conduite ; il en devoit naître une occaſion fa-
vorable de donner un libre cours aux paſ-
ſions dont il étoit animé, elle devoit ſervir
de tranſition à cette ample proviſion d'injures qu'il avoit amaſſée contre l'Académie, afin de couvrir , s'il lui étoit poſſible,
cet illuſtre Corps d'un ridicule éternel.

Il appelle du Jugement de l'Académie
au Jugement du public. Mais l'Académie
a-t-elle donc caché ſon Jugement , & ne
l'a-t-elle point expoſé au public ? Avons-
nous jamais prétendu forcer le monde ſça-
vant

cum *Viro Cl. philosopher, Academiæ, persona-*
rum moralium in statu naturæ verfantium,
vices fustinent, quid obstat, quo minùs ejuf-
modi perfonæ mentem fuam de fragmento
Leibnitziano publicè aperire liceat? Fecit id
Academia Berolinenfis, nudis & claris ver-
bis, rationes, non convicia, in medium ad-
ducens; judicium enim publicum, cui fe fua-
que permittere neutiquam veretur, non est
judicium indoctæ plebeculæ, quæ fuco ora-
tionis allicitur, cuique dicteria & opprobria
mirum in modum placent, fed Virorum do-
ctorum cordatorumque qui fe pofitis præjudi-
ciis & affectibus momenta rerum æquâ lance
ponderant. Longè aliter fe geffit Kœnigius
auræ populari ubique velificatus, adeoque
vehementem fufpicionem præbens, judices
illos, ad quos provocat, ex eorum hominum
effe grege, quorum fuffragia ipfi nequaquam
invidemus.

Ex eodem fonte manat, quod Academia
à viginti duobus Affefforibus, qui Sententiam

in

vant par autorité , d'être du même senti-
ment que nous ? Si pour entrer dans les
idées de M. *Kœnig* , les Académies doivent être envisagées comme des person-
nages moraux vivans dans l'état de nature , qu'est - ce qui peut empêcher une
telle personne de dire publiquement ce
qu'elle pense sur le fragment d'une Lettre
de *Leibnitz* ? L'Académie de Berlin n'a fait
autre chose. Elle a donné des raisons & non
des injures ; elle s'est exprimée avec sim-
plicité & avec clarté. Le Jugement public
auquel elle ne craint point de s'en rappor-
ter dans les affaires qui la concernent,
n'est pas le jugement d'une méprisable po-
pulace qu'on gagne par un style fardé &
par de mauvaises plaisanteries ; c'est le
jugement des habiles gens & des gens
sensés, qui dégagés de préjugés & de passions, sçavent péser les choses à la balance
de l'équité. M. *Kœnig* s'est conduit tout
autrement : tâchant par-tout de captiver
la faveur du vulgaire , il donne de vio-
lens soupçons que les Juges à qui son *appel*
s'adresse , sont d'une espece dont nous ne
sçaurions lui envier les suffrages.

C'est de la même source que découle
cette subtilité, moyennant laquelle on di-
stingue avec tant de soin l'Académie, des

E   XXII.

in causa Kœnigiana dixerunt , tam sollicitè distinguatur. Fingit nimirùm sibi Vir Clariss. Ens rationis , personatam quandam Academiam , quam honorificè ubique compellat , & molli alloquio delinit , dum in veram Academiam ejusque Membra omne animi sui virus effundit. Sed quis quæso ipsum docuit viginti duos Academicos , sub præsidio Curatorum Directorumque congregatos veram Academiam non constituere , cum legibus nostris apertè sit cautum , præsentium Academicorum suffragia, quin imò majorem eorum numerum , pro placito universæ Societatis censeri ?

Scilicet , si Virum Cl. audias , omnes illi Viri celebres per totam Europam sparsi , quotquot fraternitatis Academicæ vinculo nobiscum junguntur , in concilium erant cogendi , aut sententiæ eorum de fragmento Leibnitzianæ Epistolæ per circulares , quas vocant litteras explorandæ : hæc enim demùm illi est vera Academia ; quæ iniqua petitio , ut semet ipsam refellit , ita parum profectò , & si rata fieret , causam Kœnigianam juvaret.
Non

XXII. Académiciens qui ont voté dans
l'affaire de M. *Kœnig*. M. *Kœnig* fe figure
un *Etre de raifon*, une je ne fçai quelle Académie perfonifiée ; c'eſt à cette chimere
de ſa création qu'il adreſſe par-tout ſes
complimens, ſes flatteries & ſes douceurs,
pendant qu'il diſtille tout le poifon de ſon
ame ſur la vraie Académie & les Membres
qui la compoſent. Mais qui a appris à M.
Kœnig que XXII. Académiciens, préſidés
par les Curateurs & les Directeurs de l'A-
cadémie, ne forment pas une vraie Académie ? Nos Loix font formelles ſur ce
point ; elles déclarent que les ſuffrages
des Académiciens préſens, & même la
pluralité de ces ſuffrages, doivent toûjours
paſſer pour le decret de la ſociété entiere.

A entendre M. *Kœnig*, on diroit qu'il
nous eût fallu convoquer un Concile gé-
néral de tous ces hommes célèbres, qui,
difperſés par toute l'Europe, ſe réuniſſent
avec nous par le lien commun de l'aſſo-
ciation Académique, ou qu'il leur eût
fallu demander leur ſentiment par des
Lettres *circulaires* : c'eſt donc là apparemment ſa vraie Académie. Une ſuppoſition
auſſi injuſte ſe détruit d'elle-même : mais
ſuppoſé qu'on y ſouſcrivît, la cauſe de
M. *Kœnig* n'en tireroit certainement qu'un

E 2   très-

Non eſt quod extimeſcat Academia , vel Membrorum ſuorum , vel univerſi orbis eruditi de ſe Judicium. Innoteſcit etiam abundè ex litteris , quæ forte fortunâ hujus rei mentionem injiciunt , quid de ea ſentiant Viri maximè illuſtres , quorum nomina in præcipuis Europæ Academiis fulgent , & apud omnem poſteritatem fulgebunt ; nec dubium eſt reliquos quoque , negotio iſthoc probè perſpecto , in eamdem cum iis ſententiam ituros. Sed quid moror in iis quæ animi tantùm gratiâ objicit Vir Clariſſ. Quomodò enim ſeriò judicium hoc univerſale depoſceret , primus omnium judices illos recuſaturus , in alio Juriſperitiam , in omnibus denique qui ſectæ ejus non favent , philoſophiam deſiderans ?

Nihil affirmo cujus luculentum ſpecimen non ediderit in cenſoria illa operis parte , in qua quaſi pro dictatoria autoritate ſcientiam dotesque noſtras inverecundo ſuo examini ſubjicit.

très-foible appui. L'Académie n'appréhende rien du Jugement de ſes Membres ;
elle n'appréhende rien de celui de tout le
monde lettré. Nous ſçavons aſſez par des
Lettres qui en font mention par haſard,
ce que penſent de toute cette affaire les
Hommes les plus illuſtres, dont les noms
brillent actuellement dans les premieres
Académies de l'Europe, & brilleront à jamais dans le Temple de mémoire ; & nous
ne doutons nullement que les autres ne
s'accordent avec eux, après avoir pris les
informations néceſſaires, & après une pleine connoiſſance de cauſe. Mais pourquoi
m'arrêté-je à des obſervations que M. *Kœnig* ne fait que pour s'amuſer ? car comment exigeroit-il ſérieuſement ce Jugement univerſel ? Ne ſeroit-il pas au contraire le premier à recuſer ſes Juges ? Sans
doute ; les uns il les accuſeroit d'un manque de Géométrie, les autres d'un manque de Juriſprudence, & enfin d'un manque
de Philoſophie tous ceux qui ne ſont point
de ſa ſecte.

Je n'avance rien ici dont il n'ait donné
des preuves évidentes dans la partie de
ſon Ouvrage qui renferme ſa cenſure ; dans
cette fameuſe partie dans laquelle uſur-
pant l'autorité de Dictateur des Acadé-

E 3   mies;

jicit. *Egregium sanè & omni ævo memoran-*
dum spectaculum! Comparemus ordine quis-
que coram summo Kœnigio, *ceu coram tri-*
pode Delphico, incerti

‒ ‒ ‒ cui fata parent, quem poscat Apollo.

En verò jam trutinâ suspensâ merita uniuscu-
jusque nostrum librat, mox grande superci-
lium adducens, Chymicos ad officinam Vul-
cani, Botanicos ad legendos flores, Anato-
micos ad secanda cadavera, Astronomos de-
nique ad contemplationem siderum ablegat.
Illustrissimo de Maupertuis, *tibique Vir*
celeberrime, licet, quæ singularis ejus est
benevolentia, non omnem omninò Geometriæ
notitiam abjudicet, multas tamen notiones
falsas & incompletas hærere, ad stuporem
orbis eruditi, brevi se ostensurum gloriatur;
juris intereà peritiam omnem denegans, mul-
tumque abesse contendens quin in Metaphysicæ
&

mies, il ofe affujettir à fon immodefte
examen, nos talens & notre érudition.
Spectacle charmant & mémorable dans
tous les âges ! Nous comparoiffons, chacun felon fon rang, devant le grand & fu-
blime M. *Kœnig*, comme devant le tré-
pied de Delphes, pour entendre l'arrêt
péremptoire de nos deftinées, & les ora-
cles facrés de notre Apollon. Déja il a fuf-
pendu la balance dans laquelle il doit pé-
fer & apprécier nos mérites ; bien-tôt il
va froncer les fourcils ; en même-temps
les Chymiftes rentreront dans leurs labo-
ratoires, & dans le feu leur élément ; les
Botaniftes iront cueillir des fleurs, les
Anatomiftes difféquer les cadavres, & les
Aftronomes fe rangeront à leurs lunettes.
Chacun eft renvoyé dans fa Province,
chargé de quelque mauvais compliment.
Quant à l'Illuftre M. *de Maupertuis*, &
vous Monfieur, quoiqu'il ait la finguliere
bonté de ne vous pas priver tout-à-fait de
toute connoiffance de Géométrie ; il va
cependant montrer dans peu à la terre
étonnée de combien de notions fauffes &
incomplettes vous êtes encore tachés. En
attendant il vous enleve fans pitié la fcience du droit, & il eft bien éloigné de s'i-
maginer que vous puiffiez jamais péné-

trer

*& Dynamices suæ adytum introitus vobis
pateat.* Universam Classem Litterariam *silentio præterit, in Philosophica vix quemquam
repperit Philosophi nomine dignum*; *verbo
absolvam*: *ea est Academiæ Borussicæ calamitas ut nemo inibi extet, qui Clariss.* Koenigio Professori, Consiliario, Bibliothecario,
Geometræ, Juris-Consulto, Philosopho summo, comparari mereatur; *& quis huic asserto
fidem detrahere ausit, cum ipse tantus Vir,
quamquam* summa cum animi repugnantia, *veritati modestum isthoc testimonium
exhibeat*?

'Absit ut exemplum Viri Clariss. mihi ad
imitandum proponens, laudes ejus maligno
dente arrodam; æquo quippe animo passurus
unumquemque famæ suæ & fabrum esse, &
præconem; verùm cum perpetuò queratur iniquis suspicionibus se gravari, quòd gloriam
summi Leibnitzii, vel propriam quoque existimationem, alienæ famæ detrimento superstruere velle censeatur, mirari profectò subit,
eum*

trer jufques dans le fanctuaire de la Mé-
taphyfique & de la Dynamique dont il eft
le Grand-Prêtre. Toute la claffe des *Bel-
les-Lettres* eft enveloppée dans un fier filence. Et dans la Philofophique, il a peine
à trouver à qui donner le nom de Philofophe : en un mot , telle eft la mifere de
l'Académie de Berlin , qu'Elle ne peut rien
montrer de comparable au très-célèbre M.
Kœnig, Profeffeur , Confeiller , Bibliothé-
caire , Géometre , Jurifconfulte & Philofophe du premier rang. Quelqu'un ofera-
t-il n'y point ajoûter foi ? Ce grand homme prend la peine lui-même , quoiqu'*avec
une extrème répugnance* , de nous en affû-
rer , & de rendre ce témoignage modefte
à la vérité.

A Dieu ne plaife que me propofant
l'exemple de M. *Kœnig*, j'aiguife les dents
de l'envie pour attaquer fes juftes éloges;
je fouffre très-volontiers qu'un chacun
foit & l'artifan & le trompette de fa propre renommée; cependant comme il pouf-
fe des plaintes amères de ce qu'il prétend
qu'on ofe former fur fon compte les foupçons les plus injuftes, comme s'il vouloit
élever un trophée , ou à la gloire de M.
Leibnitz, ou à fa propre renommée fur la
ruine de celle d'autrui, n'eft-il pas furpre-

nant

cum nihilominùs omnia ea machinari & scri-
bere quæ ad suspiciones istas firmandas au-
gendasve pertinent. Nec enim veretur in
Illustrissimum nostrum Præsidem, nullis ab
ipso contumeliis lacessitus, (ut quæ ab inge-
nio ejus quàm sunt alienissimæ,) sed benefi-
ciis potiùs & honoribus cumulatus, in Virum,
inquam, quem orbis litteratus veneratur &
suspicit, cujusque præclara monumenta, su-
pra invidiam & laudes Kœnigianas posita,
nulla unquàm ætas delebit, atrocissimis verbis invehi & desævire, eumque ceu nullis
inventis celebrem, nullaque ingenii laude
conspicuum ignominiosis dicteriis proscindere,
eousque prolapsus, ut principium illud minimæ actionis, quòd Leibnitzio modo dat,
modò aufert, nunc quoque Patri Malebran-
chio, s'Gravesandio, Engelhardo, & nescio quibus insuper, vano licet & irrito conatu,
vindicare allaboret. His nondùm satur, scripto suo omnia infercit quantumvis à quæstione
remota, quæcumque ad gloriam Viri Illustrissimi

nant de le voir malgré cela & faire &
écrire tout ce qui peut tendre à confirmer
& à accroître ces mêmes foupçons ? De
quelle façon fe conduit-il envers M. *de
Maupertuis*, dont il n'a jamais reçû la
moindre parole injurieufe, façon d'agir
très-éloignée de fon caractère, de qui au
contraire il n'a reçû que des bienfaits &
des honneurs ? envers un Homme que le
monde fçavant honore & refpecte, & dont
les admirables écrits, bravant l'envie de
M. *Kœnig*, & fupérieurs à fes loüanges,
pafferont à la poftérité la plus reculée ?
Comment, dis-je, fe conduit-il envers
lui ? Il l'attaque dans les termes les plus
outrageans ; il ne craint point de le traiter
comme un homme qui n'a jamais fait aucune découverte d'importance, & de flétrir par les railleries les plus fanglantes les
loüanges dûes à fon brillant génie. Ce
principe *de la moindre action*, que tantôt il
donne, tantôt il ôte à M. de *Leibnitz*, il
fait à préfent les derniers, quoique les
plus vains efforts, pour le revendiquer au
Pere *Malebranche*, à *s'Gravefande*, à *Engelhard*, & je ne fçai à qui encore. Sa
haine n'eft pas raffafiée à moins qu'il ne
farciffe fon *appel* hors de tout propos & en
dépit de l'état de la queftion, de tout ce
qu'il

suni minuendam facere aliquo modo posse existimat; quin ipsam ejus religionem in suspicionem adducit, nec pudet eum insipidi bibliopolæ crambem recoquere, epistolamque ad Hallerum datam vitio illi vertere. Ignorabat scilicet intempestivus Halleri Causidicus, ipsum celeberrimum virum perquam honorificis illis litteris abundè fuisse contentum, ejusque rei non uno in loco publica dedisse indicia: & quid quæso ipsi debebatur ampliùs? Aut quid omninò ipsi debebatur ab Illustrissimo Præside propter injurias ab homine vitâ jam functo illatas? Nulli dubitamus celeberrimum Hallerum, qui tali auxilio & defensore non eget, & patrocinium Kœnigii recusare, & partes ejus in pessima causa deserere, libellumque, in summos viros & Academiam amicam maximoperè injurium, & cum indignatione legisse, & lectum illicò damnasse.

Talem

qu'il croit pouvoir rabaiffer la gloire
de cet homme illuftre ; enfin il attaque
jufqu'à fa Religion. Il n'a point honte de
réchauffer le plat d'un infipide Libraire,
en lui reprochant par une interprétation
malicieufe la Lettre écrite à M. le Baron
de *Haller* ; en s'érigeant hors de faifon en
Avocat de cet excellent homme, il igno-
roit apparemment que celui dont il veut
plaider la caufe, a été très-fatisfait de la même Lettre qui fait l'objet de fes critiques,
& qu'il en a donné des marques publiques en plus d'une occafion. Après tout,
qu'auroit pû exiger davantage M. de *Hal-*
ler ? ou plutôt que lui devoit en tout M.
de Maupertuis pour des injures portées par
un homme qui, dans ce tems-là, ne vivoit
plus ? Mais nous fommes très-tranquilles
au fujet de cet homme célèbre, qui n'a
nullement befoin d'un défenfeur tel que
M. *Kœnig* ; ne doutant point que recufant
lui-même un tel Patron, & l'abandonnant
à fa mauvaife caufe, il ne reffente vivement les traits injurieux qu'il a lancés, &
contre les plus grands hommes, & contre
une Académie entière dont M. *Haller* cul-
tive l'amitié. Nous fommes perfuadés qu'il
a lû le libelle du Profeffeur *Kœnig* avec la
dernière

Talem cum se prodat Professor Kœnigius, cum & in te, Vir celeberrime, indignis modis debacchetur, adeò parum sibi temperans, ut coràm toto orbe tribuere tibi non erubescat de quo ne per somnium quidem cogitasti, & cujus contrarium in ipso illo opere tuo, quod allegat, clarissimis verbis expressum continetur, nemini sanè facilè persuaserit, se ab omni livore immunem, nec unquam, ut proximi famam læderet, aut per cuniculos subrueret, in animum inducere potuisse.

Quod de me meisque laboribus parum honorificè sentiat Vir Clariss. id profectò malè me non habet; miror autem quod in indoctum juvenem, qui in obscuritate suâ tutum se delitescere putabat, calamum stringere, & in tam exili materia tot orationis flosculos & styli amœnitates disperdere dignatus fuerit. Quod meum sit peculiare in Kœnigium admissum facinus, quo odium ejus tam acerbum sim

derniere indignation , & qu'il le defap-
prouve hautement.

C'eſt ainſi que M. *Kœnig* trahit ſon caractère ; il n'en a pas mieux agi avec vous,
Monſieur ; peu content de vous déchirer
de la façon la plus indigne , il ne rougit
pas de vous attribuer aux yeux de toute la
terre des choſes auxquelles vous ne ſon-
geâtes jamais, & dont le contraire ſe lit en
termes exprès & poſitifs dans celui de vos
ouvrages-mêmes qu'il allegue. Et croi-
ra-t-on après cela que M. *Kœnig* n'ait jamais été rongé de l'envie ? qu'il ne lui ſoit
jamais venu dans l'eſprit de bleſſer l'honneur de qui que ce ſoit ? qu'il ait été inca-
pable de travailler par des voies détour-
nées à la deſtruction de la renommée
d'autrui ?

Je ne ſuis nullement piqué du mépris
que fait M. *Kœnig* , & de moi , & de mes
Ouvrages ; mais qu'il ait daigné exercer
ſa plume contre un jeune homme ſans
connoiſſances, qui, caché dans ſon obſcu-
rité , eſperoit d'être à l'abri de ſes inſul-
tes, & que dans un ſi petit ſujet il ait fait
tant de dépenſes en fleurs de rhetorique
& en aménités de ſtyle, qu'il auroit pû
mieux employer ; c'eſt ce qui me ſurprend.
Plus je m'examine, & moins je découvre,
quel

sim promeritus, quantumvis mentem excu-
tium, deprehendere nequeo, nisi fortasse ma-
jestatem, quam in rebus philosophicis sibi
arrogat, non satis comiter coluerim, in Aca-
demiâ liberâ, quæ sub felicibus auspiciis
Principis Philosophi floret, liberè philosopha-
tus. Quod si Illustrissimi Præsidis benevolus
in me animus, tuaque, Vir celeberrime,
amicitia, quam exprobrari mihi video, hanc
in me tempestatem excitaverint, est quod mihi
de ea summopere gratuler. Maximè à scopo
suo aberrat Kœnigius, cum ægrè se facturum
sperans, me cum quibusdam è collegis meis,
quasi varietatis inducendæ gratiâ, vobiscum
sociat ; nec enim adeò mihi sum Suffenus, ut
cum Viris summis pari passu ambulare, multò
minùs ut in eos ceu ex alto despicere me posse
putem. Qui tales Thrasonismos jactant, non
equidem superbiæ, verum insaniæ, notam
incurrunt. Ipse Clariss. Professor Kœnigius,
quæ est Viri modestia, fateri haud grava-
bitur, maximam in eo schemate varietatem
enasci ;

quel crime m'a pû mériter & fa haine &
fes incartades, à moins que je n'aie man-
qué de payer le tribut de refpeſt & de foû-
miſſion à la majeſté qu'il s'arroge dans les
matieres philofophiques ; croyant pouvoir penfer librement dans une Académie
libre, qui fleurit fous les fortunés aufpi-
ces d'un Prince Philofophe. Si par hafard
la bienveillance dont m'honore notre illuſtre Préſident, & votre amitié, Monſieur, (car je vois qu'on me les reproche)
ont foulevé contre moi cette tempête, je
m'en félicite, loin de m'en plaindre. M.
Kœnig croit être fort malicieux quand,
avec quelques-uns de mes Collegues, il
m'aſſocie à M. de *Maupertuis* & à vous,
comme par voie de contraſte : mais il fe
trompe. Je ne m'admire pas au point de
prétendre marcher de pair avec les plus
grands hommes, bien moins de préfumer
les traiter de haut en bas. Si j'étois capable de pareils écarts, on ne me taxeroit
pas de vanité ; on me taxeroit de folie. Il
regne fans contredit un contraſte terrible
dans le tableau qui repréfente M. *Kœnig*
ferrant les flancs de *Leibnitz*, & le cou-
vrant de fon bouclier; j'ai conçû une ſi
haute opinion de fa modeſtie, que je ga-
gerois qu'il fera le premier à en tomber
F   d'accord.

enafci, *in quo ceu Hyperafpifles*, *Leibnitzii*
latus claudit

– – – Quid enim contendat hirundo
Cycnis? aut quidnam tremulis facere ar-
tubus hoedi
Confimile in curfu poffint ac fortis equî
vis?

Stomachum imprimis movet Viro Clariff.
fcriptum illud fingulare *quo Enthymema*
Cartefianum ad examen vocare aufus fum;
at fanctè affevero quicquid de illo judicet,
perindè mihi effe, cum nihil unquam eo animo
fcripferim, ut me meamque philofophandi ra-
tionem Viro Clariff. probarem; nec enim me
latere poterat, longè aliam viam ineundam,
fi fub Kœnigio *duce ftipendia mereri, aut*
favorem ejus aucupari luberet. Cùm tamen
circà finem fingularis *illius operis me aliis,*
qui idem thema majori luce perfufuri effent,
erudiendum ultrò tradam, liceat & hîc ipfum
Profefforem Kœnigium *invitare, ut erudi-*
tionis fuæ thefauros mihi recludat, meque ex
iis meliora, fi poteft, edoceat; quod fi præ-
ftiterit, ftylum illicò vertam, meamque Phi-
lofophiam*

d'accord. *Car l'hirondelle difputeroit - elle avec le cygne ? & le tendre chevreau trem-blant fur fes piés mal affurés défieroit-il le courfier vigoureux ?*

Cette *finguliere piece*, dans laquelle j'ai ofé examiner l'Enthymème de Defcartes, a fur-tout le malheur de déplaire à M. *Kœnig* : mais j'ai l'honneur de le prier d'ê-tre bien perfuadé que tout ce qu'il en penfe m'eft fort indifférent, ne s'étant jamais échappé une fyllabe de ma plume dans le deffein de mériter fon approbation, ou de lui faire goûter ma façon de traiter la Phi-lofophie. Je ne pouvois pas ignorer la voie qu'il m'eût fallu prendre pour fervir fous le drapeau & aux gages de M. *Kœnig*, pour captiver fes faveurs, & pour avoir part à la diftribution de fes graces ; ainfi je me fuis volontairement privé de ce précieux avantage. Cependant, comme vers la fin de ma *finguliere piece*, je m'offre de profi-ter des lumieres de ceux qui poufferoient plus loin que je n'ai fait les fpéculations fur une matiere auffi obfcure, M. *Kœnig* permettra que je l'invite ici publiquement à m'ouvrir les tréfors de fa fcience, & à me communiquer fes falutaires inftructions. S'il réuffit à me convaincre, je m'engage à effacer d'un trait de plume tout ce que

F 2   j'ai

Iosophiam ad guftum *ejus attemperare cond-
bor. Quod fi verò majoribus intentus in hanc
arenam defcendere dedignetur, dedignabi-
tur quoque, fpero, conviciis me confectari,
quæ nec Geometram, nec Philofophum, nec
Jurifconfultum, nifi rabulam fortaffè, decent.
Si præter fpem & meritum evenerit, ut dignus ipfi porrò videar in quem venenata tela
vel ipfe emittat, vel bibliopolas, clientes, &
mancipia fibi devota concitet, impunè per me
quidem id licebit, ut qui facilem iis trium-
phum parans ne verbulum quidem regerere,
imò ne hifcere quidem conftitui. Nihil eft fa-
cilius quam volumen injuriofum condere;
verùm hæc arma & has artes iis relinquo
quibus argumenta defunt, quique deploratæ
caufæ vel præfidium vel folatium exinde fpe-
rant. Vale.*

j'ai écrit, & je tâcherai déſormais d'aſſai-
ſonner ma Philoſophie au goût de M.
Kœnig. Si occupé de plus hautes vûes, il
dédaigne d'entrer dans cette carriere, j'eſ-
pere qu'il dédaignera auſſi à l'avenir de
m'attaquer d'un ton qui ne convient ni à
un Géometre, ni à un Philoſophe, ni à un
Juriſconſulte ; mais ſeulement à un Avocat de cauſes perdues. Mais ſuppoſé que
contre mon eſpérance & ſans ma faute, il
continuât à me tirer des flèches empoiſon-
nées, ou qu'il ſoulevât contre moi ſes li-
braires, ſes cliens & très-dévoüés eſcla-
ves les gazetiers, il le fera à très-bon mar-
ché ; je prépare à ces Meſſieurs un triom-
phe facile, n'ayant pas deſſein de répondre un mot. Rien n'eſt plus aiſé que de
compoſer des volumes d'injures : mais je
laiſſe ces armes & ces pratiques à ceux qui
manquent de bonnes raiſons, & qui ont
beſoin d'y recourir pour y trouver ſoit
l'appui, ſoit la conſolation d'une cauſe
déſeſpérée. J'ai l'honneur d'être, &c.

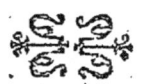

AVER-

AVIS AU LECTEUR.

IL a parû depuis la publication des trois Lettres de M^{rs}. Euler, de Maupertuis, & Meriam sur le Jugement de l'Académie de Berlin, un Ecrit anonyme sous le titre de RÉPONSE D'UN ACADÉMICIEN DE BERLIN A UN ACADÉMICIEN DE PARIS. L'envie toûjours acharnée contre le mérite supérieur, a de tout temps appellé la calomnie à son secours : mais dans l'occasion présente il est assez difficile de deméler quel a été leur objet. Un libelle que personne n'oseroit avouer est moins propre a donner atteinte à l'honneur de M. de Maupertuis, qu'à rendre odieux ceux auxquels on voudroit attribuer un ouvrage qui ne peut exciter que l'indignation & le mépris.

Quoi qu'il en soit, la lettre suivante dont il y a déja quatre éditions à Berlin, fait sans contredit l'époque la plus singuliere & la plus glorieuse dans la vie du Président de l'Académie de Prusse. Les ordres ont été donnés au Libraire d'envoyer par-tout des exemplaires de cet ouvrage, afin qu'on ne croye pas que les gens vertueux attaqués restent sans défenseur. Le respect ne permet pas d'en dire davantage : mais si l'on pouvoit méconnoître l'auteur de la Lettre, à son style, on le reconnoîtroit aux traits qui le caractérisent dans l'avertissement suivant de l'illustre Traducteur de cette même lettre en langue Allemande.

LETTRE

D'UN

ACADÉMICIEN

DE BERLIN,

A UN

ACADÉMICIEN

DE PARIS.

A PARIS,

Chez { DURAND, Libraire, rue S. Jacques, à S.
Landry & au Griffon.
PISSOT, Quai des Augustins, à la Sagesse.

M. DCC. LIII.

AVERTISSEMENT
DE L'AUTEUR
DE LA TRADUCTION ALLEMANDE.

JE vis avec douleur qu'on mêloit dans la dispute de M. de Maupertuis avec M. Kœnig beaucoup d'invectives, qui ne tendoient à rien moins qu'à flétrir le nom d'un grand homme. Je voulus prendre la défense de l'innocence, de la vertu & de la vérité. Les mouvemens de l'amitié la plus tendre me pousserent vivement à surmonter l'extrème répugnance que j'ai toûjours eue à me voir imprimé. Le hasard me servit mieux que je ne pouvois espérer. Il parut une lettre françoise d'un Academicien de Berlin, en reponse à la lettre d'un autre Académicien, contre M. de Maupertuis ; je l'ai traduite. Tout ce que j'aurois pû donner de moi-même n'eût été que très-peu de chose ; ma voix étoit trop foible pour attirer l'attention. J'ai fait beaucoup en faisant entendre à mes compatriotes celle qui parle avec tant de force & d'énergie dans cette lettre. Qu'il est doux, qu'il est glorieux de trouver un tel défenseur ; & que celui qui rassemble toutes les vertus dans sa personne, est digne de les protéger !

LET=

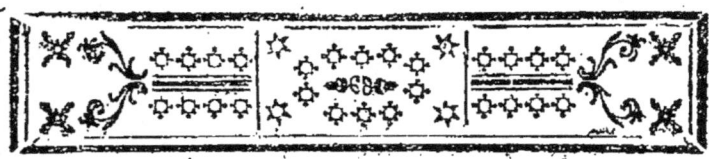

DEPUIS qu'il y a eu des gens de lettres, il y a eu des difputes, parce qu'il eft libre d'avoir des fentimens différens, & que chacun croit avoir de bonnes raifons pour foûtenir les fiens : mais ce qu'il y a d'humiliant pour l'efprit humain, ce font ces animofités excitées par l'envie, ces libelles, ces injures, ces calomnies atroces, dont les petits génies tâchent d'accabler la mémoire des grands hommes.

Ne penfez pas, Monfieur, que ce foit moi qui me plaigne ; la médiocrité des talens eft comme un rempart qui défend contre les incurfions de l'envie ; il s'agit de M. de Maupertuis, notre illuftre Préfident : fa fupériorité, fon génie, fes profondes connoiffances, ont révolté l'amour propre de M. Kœnig, profeffeur en philofophie. Ce profeffeur ne pouvant s'élever à l'égal d'un grand homme, crut que ce feroit toûjours beaucoup que de l'abbaiffer ; il difputa à notre préfident les

découvertes

découvertes *fur le principe univerfel de la moindre action*, en foûtenant que Leibnitz en étoit l'inventeur. M. de Maupertuis demanda des autorités : il voulut fçavoir dans quel ouvrage de M. de Leibnitz on trouvoit des traces de ces découvertes. Kœnig, pour ne pas demeurer court dans cette embarraffante fituation, produifit des fragmens de lettres fuppofées de M. de Leibnitz. Ce procès littéraire, expofé dans une affemblée de notre académie, fut jugé, & Kœnig condamné d'une voix.

Le profeffeur, irrité de fe voir confondu, & fur-tout fâché de n'avoir pû nuire à un homme que toute l'Europe admire, non content de l'accabler d'injures groffieres, (la dernière reffource de ceux qui n'ont point de bonnes raifons à alléguer,) s'affocia avec des écrivains affez méprifables pour s'enrôler chez lui, & pour combattre fous fes drapeaux. L'un de ces miférables, fous le nom d'un Académicien de Berlin, a fait imprimer un libelle infame, dans lequel il traite M. de Maupertuis comme un homme fans jugement peut parler d'un inconnu, ou comme les impofteurs les plus effrontés ont coûtume de calomnier la vertu.

M. de Maupertuis eft trop au-deffus de

de pareilles imputations, par ſon caractere, par ſon mérite, & par ſa réputation, pour qu'il ait lieu de s'en offenſer ;
il eſt trop philoſophe pour que des injures qui ne ſont que des injures, puiſſent
troubler ſon repos : mais, nous autres
académiciens, nous devons nous élever
contre un furieux, qui ſans pouvoir mor-
dre M. de Maupertuis, pourroit bleſſer
notre corps.

Il faut qu'il ſoit clair aux yeux de toutes les nations, qu'il n'y a point parmi
nous de fils aſſez dénaturé pour lever le
bras contre ſon père, ni d'académicien
aſſez vil pour ſe rendre l'organe merce-
naire des fureurs d'un envieux. Non,
Monſieur, nous rendons tous à notre
Préſident le tribut d'admiration qu'on
doit à ſa ſcience & à ſon caractere. Nous
oſons même nous l'approprier ; nous le
revendiquons à la France. Il jouït chez
nous pendant ſa vie de la gloire qu'Ho-
mere eut long-tems après ſa mort : les
villes de Berlin & de Saint-Malo ſe diſ-
putent laquelle des deux eſt ſa véritable
patrie : nous regardons ſon mérite comme le nôtre, ſa ſcience comme donnant
la plus grande ſplendeur à notre Académie, ſes travaux comme des ouvrages
dont

dont toute l'utilité nous revient , sa réputation comme celle du corps , & son caractère comme le modèle de celui d'un honnête homme & d'un véritable philosophe. Voilà les sentimens de l'Académie en corps : voici le langage de l'imposture.

Le soi-disant académicien anonyme dit que M. de Maupertuis seroit par ses mauvais procédés déserter tous nos académiciens , s'ils n'étoient soûtenus par la protection du Roi. Autant de mots , autant de faussetés : c'est un fait connu de tout le Royaume & de toute l'Allemagne , que nos plus célebres académiciens ont été attirés ici par les soins de M. de Maupertuis ; qu'il est l'économe de nos revenus , le distributeur des places vacantes , le dispensateur des gratifications , le protecteur des talens ; & que dans toutes ces différentes parties de son administration , il a constamment montré du désintéressement ; un esprit d'ordre dans la régie de nos finances , du discernement dans le choix des personnes pour remplir les places vacantes , de l'équité dans la distribution des pensions & des prix , un attachement sincère à la gloire de l'Académie , de l'amitié & de la fidélité à chacun de nous

nous en particulier , & une protection toûjours ouverte pour ceux qui en avoient befoin ; de forte que , loin d'avoir fujet de nous plaindre de lui, nous lui fommes redevables pour la plûpart, de nos places, de fes inftructions , de fes confeils , de fes lumières , & de fon exemple.

L'Auteur du libelle contre M. de Maupertuis eft fans doute très-mal inftruit de ce qui fe paffe dans notre Académie, & de l'efprit qui l'anime : nous n'avons jamais eu de querelles , parce que nous n'avons point donné entrée à l'efprit de parti : lorfque nos opinions font différentes , cela ne nous conduit qu'aux differtations , & jamais aux difputes : nous croyons que c'eft aux philofophes à donner l'exemple au peuple ; & que ceux qui cherchent la vérité de bonne foi, ne font point opiniâtres. Moins prevenus d'eux-mêmes , moins amoureux de leurs penfées , que ces hommes , dont l'efprit groffier eft demeuré en friche , ils tournent toute la fagacité de leur efprit à deviner les énigmes de la nature ; ils font reconnoiffans envers ceux qui les empêchent de fe tromper , & pleins d'admiration pour ceux dont les lumières les éclairent. Par ces raifons on n'a jamais vû dans nos

affemblées

affemblées de ces fcènes aviliffantes pour
un corps de gens de lettres, comme celle
qui à Paris, il y a quelques années, indi-
gna le Doyen de tous les académiciens de
l'Europe.

Notre prétendu académicien, après
avoir débité des menfonges auffi manifeftes que ceux que j'ai rapportés plus haut,
ne s'arrête pas en fi beau chemin; & comme fi fon effronterie s'accroiffoit à mefure
qu'il répand fon venin; il affûre que M.
de Maupertuis deshonore nôtre Académie: pour celui-là, je ne m'y attendois
pas. Les anciens ont avec bien de la fageffe appellé les méchans des furieux, à
caufe que la méchanceté eft une efpéce de
délire qui égare la raifon. Ce faifeur de
libelle fans génie, cet ennemi méprifable
d'un homme d'un rare mérite, n'a donc pû
trouver, dans la ftérilité de fon imagination
d'autre calomnie plus apparente qu'une
difparate femblable? N'a-t-il pas compris
qu'un crime utile étant révoltant, un crime inutile devient le comble de l'infa-
mie? Une groffiereté auffi platte, une
propofition auffi abfurde, ne mérite en
vérité pas de réponfe. A qui apprendrai-
je qui ne le fçache depuis long-tems, que
M. de Maupertuis fut regardé en France
comme

comme le géometre le plus capable de
vérifier les vérités que Newton avoit de-
vinées dans son cabinet touchant la figure
de la terre, qu'il fut envoyé en Lapponie ;
& que par ses opérations géométriques, il
contribua autant à sa gloire qu'à celle du
philosophe anglois, que sa modestie lui
faisoit regarder comme son maître ? A
qui apprendrai - je que, comblé d'honneurs par le Roi de France, il fut appellé
chez nous par le Roi ; que c'est sous sa di-
rection que notre Académie, long-tems
languissante, a repris une nouvelle vie ?

Est-ce à moi d'instruire le public (déja
tout instruit) que M. de Maupertuis par
ses ouvrages en tout genre a contribué,
plus qu'aucun de nous autres, aux Me-
moires que nous faisons paroître tous les
ans ? Qui ignore, ou fait semblant d'ignorer, que M. de Maupertuis est admiré de
tous les savans qui ont lû ses ouvrages ;
aimé & estimé de nous autres, chéri de
tous ceux qui vivent avec lui, distingué
à la Cour, & favorisé du Roi plus qu'aucun autre savant ?

Je ne plains pas notre Président : il a
de commun avec tous les grands hommes
d'avoir été envié, & d'avoir réduit ses ennemis à inventer contre lui des absurdi-

G   tés :

tés : mais je plains ces malheureux écrivains qui s'abandonnent insensément à leurs passions, & que leur méchanceté aveugle au point de trahir en même tems leur frivolité, leur scélératesse & leur ignorance.

Mais quel tems pensez-vous, Monsieur, que ces gens ont pris pour attaquer nôtre Président ? vous croyez sans doute qu'en braves champions ils l'ont provoqué au combat pour se battre à armes égales ? non, Monsieur, apprenez à connoître la lâcheté & l'indignité de leur caractere ; ils savent, (& c'est un deuil pour nous,) que M. de Maupertuis est depuis six mois attaqué de la poitrine, qu'il crache le sang, qu'il a de fréquentes suffocations, que sa foiblesse l'empêche de travailler, qu'il est plus près de la mort que de la vie ; que les larmes d'une épouse qui le chérit, & les regrets de tous les gens de bien l'attendrissent. Voilà le moment qu'ils choisissent pour lui plonger, selon qu'ils le croyent, le poignard dans le cœur. A-t-on jamais vû une action plus malicieuse, plus lâche, plus infâme ? A-t-on jamais oüi parler d'un brigandage plus affreux ? Quoi ! un homme de lettres illustre, dont les paroles n'ont jamais blessé personne, dont la

plume

plume a même respecté ses ennemis, lorf-
qu'il eſt prêt à rendre les derniers ſoupirs,
& qu'il ne lui reſte, ainſi qu'à tous les gens
de bien, que la conſolation de laiſſer après
lui une réputation bien établie, apprend
qu'on l'attaque, qu'on le perſécute, qu'on
le calomnie. On voudroit le conduire au
tombeau avec la douleur & le déſeſpoir
d'être ſpectateur à ſon dernier moment de
ſa flétriſſure & de ſon opprobre ; on voudroit lui entendre dire : "A quoi m'a
ſervi cette vie pure & ſans tache que j'ai "
menée ? A quoi m'ont ſervi ces veilles "
laborieuſes que je dévoüois au public, "
mes travaux littéraires, les ſervices que "
j'ai rendus à cette Académie, & ces "
ouvrages qui devoient me mener à l'im- "
mortalité, ſi mes cendres deviennent "
l'objet du mépris par les taches dont on "
veut couvrir ma réputation, & ſi je ne "
laiſſe en héritage à ma famille que ma "
honte & mon déshonneur ? ,, Mais non,
Monſieur, les ennemis de M. de Maupertuis l'ont mal connu ; il mépriſe leur
fureur impuiſſante, & la leur pardonne :
trop philoſophe pour ſe laiſſer ébran-
ler ſelon le caprice de ſes ennemis, &
trop chrétien pour conſerver dans ſon
cœur des ſentimens de vengeance, à pei-

ne a-t-il entendu les cris de leur rage ; & en santé même , il n'y auroit pas répondu.

Si l'amour de la gloire bien entendu est le premier mobile des grandes ames, si ce principe est si fécond en belles actions & en vertus rares & singulieres pour le bien du monde, ne doit-on pas regarder comme des perturbateurs du bien public, comme des gens plus dangereux que des assassins, ceux qui tâchent de ravir aux grands hommes une gloire justement acquise ? Et que deviendra cette noble ardeur qui porte aux grandes choses par l'appas de cette légere récompense, si l'on souffre des complots de scélérats, associés pour la ravir à ceux qui en sont en possession ?

Voyez comme les ennemis de M. de Maupertuis se sont trompés ; ils ont pris l'envie, pour l'émulation ; leurs calomnies, pour des vérités ; le désir de perdre un homme, pour sa ruine réelle ; l'espérance de le réduire au désespoir, pour la fin désastreuse de sa vie ; & leur folie, pour la méchanceté la mieux ourdie. Qu'ils apprennent enfin, qu'ils se sont abusés dans leur dessein & dans leurs conjectures ;

&tures ; & que s'il y a des gens affez lâ-
ches pour ofer calomnier de grands hommes , il s'en trouve encore dans ces tems
d'affez vertueux pour les défendre.

T A B L E.

www.ingramcontent.com/pod-product-compliance
Lightning Source LLC
Chambersburg PA
CBHW070746280626
47162CB00017B/2378